AF345411

El Cohete Azul

Esther Martínez Piedrafita

A mis padres.
A mi hermano.
A los hombres que me regalaron la inspiración.
Al si, al no, al tal vez, al siguiente paso.
A ti y a mí, contigo.

Nota de la autora

El Cohete Azul es la segunda novela del universo El camino a encontrarse, continuación de La ruta hacia Sofía. La escribí en 2014 y, más de una década después, he sentido la necesidad de volver a ella para revisarla.

La historia permanece intacta. Sin embargo, he ajustado algunas escenas para afinar el tono y fortalecer su coherencia. Lo he hecho con el respeto y el cuidado que merece una historia nacida de emociones profundas.

El paso del tiempo ofrece perspectiva. Hoy, El Cohete Azul conserva la esencia de lo que quise contar entonces, pero se expresa con mayor cercanía al estilo que he ido forjando a través de la experiencia y la madurez creativa.

Quiero agradecer especialmente a quienes leyeron la primera edición y acompañaron esta historia desde sus inicios. Vuestro cariño, vuestras palabras y vuestra confianza han sido parte fundamental del camino recorrido. Esta nueva edición también os pertenece.

Capítulo 1
Misión

Jaime se quedó mirando aquel lienzo con cierto desaire. Sus manos, tintadas de colores oscuros, temblaban acartonadas por el dolor. Extendió la palma de una de ellas hacia abajo y la navaja con la que había realizado los últimos trazos cayó al suelo. Visceral, abducido por una violencia descarnada, observó minuciosamente las heridas de la tela. Se imaginó a sí mismo recomponiendo los daños del dibujo pero era incapaz de moverse. Le paralizaba la sensación de haber mutilado algo propio, algo querido, algo indefenso. Se odió y aquel error le atormentó durante unos minutos hasta que sonó el teléfono y apareció, de repente, en un lugar distinto al de su furia, un lugar oscuro, a caballo entre lo deprimente y lo lúgubre, su cuarto.

—Tío...

—¿Qué pasa?

—¿Qué haces? Te estamos esperando...

—¿Dónde?

—En casa de Alberto... ¡Joder, tío! ¿Te has olvidado?... ¡El cumpleaños!

—¡Hostias!

—Trae hielo.

—Voy para allá...

Fue a lavarse las manos, deprisa y mal, se refrescó la tez sembrada de confusión y se vistió con la única ropa que aún no había echado a lavar. Olió la camisa antes de ponérsela. Salió corriendo del apartamento tropezándose, antes, con un par de cajas de cartón que todavía no se había dignado a desembalar desde la mudanza. «*De camino pararé en un paki*», pensó. Su paso firme y acelerado chapoteó con el agua lanzada hacia la acera por una señora desde la puerta de su tienda milésimas de segundo antes de que él pasara. Dio unos saltos mirándola con cara de advertencia. Ella le dedicó una mueca de indiferencia y él sintió hervir la rabia en su estomago. Se puso los auriculares y el sonido estridente de un rock sucio se lo llevó de allí.

Subió al metro con las manos en los bolsillos y los codos sobresaliendo de manera exagerada, así delimitaba su espacio vital. Se notaba cansado y sin ganas de asistir a ningún evento social. Prefería la soledad de su estudio. Pero era el cumpleaños de Alberto, su mejor colega. Aún no podía creer que se le hubiera olvidado. Sabía que iba a tener que aguantar todo tipo de burlas a cerca de su facilidad para la abstracción así que, cuando entró en la tienda para comprar el hielo, fue directamente a las estanterías del alcohol. «*Con esto tendré suficiente para aguantarles un rato*», pensó cogiendo una botella de ginebra.

La dejó encima del mostrador y pidió al dependiente un par de bolsas de hielo. Mientras esperaba hizo crujir sus nudillos. El chico, que debía tener unos dieciocho años, se giró alertado. Jaime, al notar el sobresalto del joven, separó las manos y las puso planas, boca abajo, encima del mostrador. Dibujó media sonrisa en su cara y se disculpó inclinando cuatro dedos de la mano derecha hacia arriba.

Salió del establecimiento y bajó la calle mirando su reflejo en los portales intentando descifrar qué parte de su aspecto había hecho saltar las alarmas de aquel dependiente. «*Quizá debería haberme afeitado*», pensó mientras se pasaba la mano por la barbilla. Se miró los dedos, tenia las uñas bordeadas en negro y la piel cuarteada. La camisa, algo desgastada por los codos y arrugada de remangársela, era de las más decentes que le quedaban y los vaqueros negros, parecían gris oscuro. Se pasó la mano por el pelo tratando de mejorar mínimamente su carta de presentación.

Llegó al portal de Alberto repasando, mentalmente, a la gente que podría encontrarse allí. Dudó de si dar al timbre o salir corriendo y, en ese instante de indecisión, vio la cara de su amigo en una visión reveladora y acercó el dedo al portero automático. Subió en el ascensor prefiriendo que Gloria no estuviera en la fiesta.

Le abrió la puerta Juanlu con una sonrisa de satisfacción.

—¡¡Por fin tío!!… ¿Traes el hielo?
—¡Yo también me alegro de verte, eh!… —ironizó Jaime.

—Sí, sí, va, entra que ya no sabía qué decirle a Alberto...— le dio una palmada en la espalda.

Juanlu, también conocido como Juan Luís Román, nombre por el que le llamaba su madre a gritos cuando estaba enfadada, o como Juanlurro de Todos los Santos, apodo que habían inventado los originales de sus amigos, dada su fama de buenazo. Se le consideraba en la panda como el amigo remiendos. Siempre intentando solucionar desavenencias, conflictos, fallos de coordinación y otros desastres comunicativos entre el grupo de amigos de toda la vida. Era el que trataba de reunirlos a todos con cualquier excusa y terminaba teniendo éxito solo para los acontecimientos importantes que, habitualmente, se desarrollaban entorno a partidos de fútbol, cervezas, videojuegos y comida para llevar.

—El hielo en la cocina ¿no?
—Sí, creo que está Marisa allí...
—Voy para allá —dijo Jaime alzando las dos bolsas con cara de resignación.

En la cocina se encontró, como le había adelantado Juanlu, a Marisa, la novia de Alberto, charlando con otras dos chicas mientras se servían unas copas.

—Hombre Jaime, dichosos los ojos... —sonrió ella distendida.
—¿Qué tal? —Jaime se acercó a darle dos besos poniendo la mano en su espalda con desgana—. Traigo hielo...
—Ya llevamos un buen rato de fiesta...

—No importa —miró a las otras dos chicas de arriba a bajo en un escaneado preciso— Enseguida me pongo a tono…

Jaime sabía que este tipo de comentarios enfurecían a Marisa, quien le lanzó una mirada fulminante mientras él se hacía el loco. Los forcejeos verbales eran una constante en su relación.

—De eso nunca hay duda —murmuró ella.

—¿No vas a presentarnos? —dijo una de las chicas.

—¿De verdad lo creéis necesario? —despreció Marisa en voz baja.

—Te he oído —dijo Jaime mirándola de reojo con una falsa sonrisa mientras se acercaba a las chicas—. Me llamo Jaime ¿vosotras?

—Yo soy Silvia.

—Y yo Carla.

—Encantado guapas —les dio un par de besos a cada una— ¿Me pondríais una copa? —sugirió encantador sacando la botella de ginebra de una bolsa de plástico.

—Te la puedes poner tú… nos íbamos al salón… —espetó ofuscada Marisa mientras dejaba caer el hielo dentro del fregadero.

—No importa, por una más… —interrumpió Silvia complaciente.

—Gracias… —dijo Jaime guiñándole el ojo a Marisa con recochineo.

—¿Tónica? —voceó la chica entre risas ebrias y forzando el roce con sus contoneos.

—¡Sin duda! —aclaró Jaime poniéndole la mano en la cintura haciendo creer que su intento descarado de seducirle podía surtir efecto.

Ella le acercó la copa y él sonrió a las dos chicas para luego dedicar una breve mirada de disgusto a Marisa.

—Voy a ver si encuentro al anfitrión…. —alzó su vaso y ofreció un brindis mudo.

Se asomó al salón. Estaba lleno de gente charlando en grupos. A muchos les identificó sin apenas mirar. Alberto hablaba con Chus al lado del ordenador, seleccionando música para animar el ambiente. Jaime se acercó.

—Hombre, el muchacho de los mil pinceles nos honra con su presencia…
—Perdón, tío. Me lié
—¿Con quién? —rió Chus.
—Con una sueca buenorra que vive en el cuarto… —vaciló Jaime.
—¡Tío, eres un crack! —babeó Chus dándole una palmada en la espalda.
—¡¡Achusito!! Que es una coña…—se burló Alberto— Este muchacho… mucho ruido y pocos… —bajó sus manos hasta la entrepierna de su amigo, las colocó palmas arriba como si sujetara un par de naranjas y las zarandeó de arriba a bajo— ¡Cojones!
—Tú qué sabrás, ¡mamón! —Jaime le empujó riendo a carcajadas.

—No me jodas...Tú no has salido de tu casa en cinco días mínimo...

—Calla, calla... que para esos comentarios me busco a una novia —le susurró Jaime rodeándole con su brazo por encima de los hombros.

—Voy a por más alcohol... ¿Alguien quiere? —dijo Chus.

—Yo sí— dijo Jaime

—Pero sí la tienes llena...

—¡¿Esto?! —alzó su vaso—. Esto se bebe solo, tío.... —rió.

—Vale, vale...lo que tú digas —se fue susurrando Chus.

—Bueno ¡¿Qué?! —disparó Alberto palmeando la espalda de Jaime con ímpetu.

—Nada... —negó con la cabeza.

—¿Nada? —se sorprendió Alberto— ¿Nada de nada?

—No, nada...

—Bueno, tío, no te rayes —sentenció Alberto.

—No, no, para nada —Jaime hizo un gesto como quitándole importancia—. Además, que esto es tu fiesta colega... Dime, ¿dónde están las tías buenas?... —chuleó.

—Gloria andaba buscándote

—¡No me jodas!, ¿está aquí? —Jaime se cubrió tras la espalda de su amigo.

—¡Oye, que es mi prima! —Alberto hizo un falso gesto de malestar.

—Ya, pero reconocerás que es un poco... — terminó la frase con un gesto de disgusto.

—No decías eso hace un mes... ¡Campeón! —ironizó Alberto.

—Antes de descubrir que era una... ¿loca? —sonrió con

fingida bondad— y lo digo desde el respeto más profundo, eh.

—Sí, respeto…. —el amigo frunció el ceño mientras se le escapaba una sonrisa—. Venga, intégrate y déjame en paz —rió empujándole hacia la zona de los sofás— que tengo que animar esto un poco —se giró hacia el ordenador.

Jaime pidió que le hicieran un hueco en uno de los sillones. Saludó a Roberto, Fran, Pedro y Pepe, que intentaban adivinar exaltados cuál de sus jefes era el más cabrón.

—Tú sí que vives bien Jaime, ahí con tus cuadritos y tus cosas, tranquilo, sin el aliento de un pesado incompetente, escogido a dedo, a dos centímetros de tu cuello…. —dijo Pepe.

—Si con vivir bien te refieres a no llegar a fin de mes, ni tener un cochazo, ni un piso de diseño… ¡Sí, vivo de puta madre, colega! —expuso sarcástico.

—Al menos haces lo que te gusta… —siguió Fran.

—¿Y eso es bueno?

—¡Pues claro que sí! —saltó Roberto y todos, menos Jaime, rieron a la vez.

Jaime se calló. Aunque lo que le apetecía decirles es que no tenían «*ni puta idea*» de lo que estaban hablando. Consideraba que elegir como profesión algo por lo que sientes verdadera pasión y, posiblemente, lo único que se te da bien hacer en la vida, difuminaba la línea que separa lo personal de lo profesional y eso podía abocarte al caos. Pero, aquella discusión la habían tenido tantas veces antes, que prefirió no contraatacar. Se bebió la copa a grandes sorbos mientras sonreía a comentarios que ni siquiera estaba escuchando.

Cuando Chus volvió de la cocina le miró la copa y sonrió.

—Estás a tope ¿eh?... —dijo ofreciéndole un vaso lleno.

—¡Tengo que alcanzar un nivel en el que pueda soportaros, panda de maricas! —bromeó alzando su copa en dirección a Chus para agradecerle su función de camarero.

Al poco apareció por el pasillo Gloria con otra chica. Jaime tuvo tentaciones de esconderse tras un cojín. Ella le divisó con su radar, casi sin haberle mirado todavía, y en cuestión de segundos la tenía a dos palmos de su cara. Apenas pudo hacer el amago de irse al baño.

—Hola —dijo ella, empujando a Roberto para que le hiciera un sitio en el sofá.

Roberto eligió levantarse y alejarse.

—Hola, ¿qué tal? —pronunció Jaime entre incómodo y asustado.

—Pues un poco molesta... No me has llamado —Gloria fue directa al grano y sin contemplaciones.

—Para qué andarse por las ramas, ¿verdad? ¡Qué demonios! —intentó bromear Jaime más temeroso que simpático.

Se abrió un espacio de silencio tenso, él se rascó la cabeza e improvisó sobre la marcha.

—Ya, bueno, es que he estado liado con el tema de la expo, ya sabes.

Jaime sintió debilidad en las manos, como si mentir le

absorbiera las fuerzas. Bebió un trago de su copa tratando de disimular la tensión que le producía esa situación.

—Estás con otra ¿no?

—¡¿Qué?! —agitó la cabeza con una mueca de incredulidad y alucinación al mismo tiempo.

—Que tú estás con otra —insistió Gloria enfatizando su tono agresivo.

—No entiendo a qué viene eso...

—Creo que no es tan difícil responder —se impacientó ella.

—Es que no me parece normal, chica.

—Eso es que sí... Dímelo, no me importa —insistió.

—Si no te importa... ¿para qué preguntas? —advirtió Jaime.

—Estás jugando conmigo y me estás haciendo daño...— dijo ella enfadada.

—¿No podemos tener esta conversación en otro momento? —Jaime comenzó a desesperar.

—¡No! —imperó Gloria.

—Cálmate —susurró él— Por favor, aquí no.

—¡No me vengas con esas! —explotó ella—. ¿No te das cuenta de que me gustas mucho? ¿Qué más quieres que haga? No puedo hacer más. ¡No entiendo qué pasa!

—Acabo de llegar, estoy con mis amigos... por favor —Jaime mantenía la conversación en un tono bajo mientras ella lo subió de golpe.

—¡Claro! Muy bonito... Como estás con tus amigos, ¡a mi que me den!... Están claras tus prioridades... No sé qué hago perdiendo el tiempo contigo.

—Está claro —sentenció él invitándola con la mirada a

abandonar su asiento.

—Pero ¿por qué me odias? —exclamó ella entre falsos sollozos mientras le rodeaba con sus brazos.

—Por favor, Gloria, no... esto sí que no... —intentó quitársela de encima mientras se levantaba del sofá.

—¿Huyes? ¿Otra vez? —disparó su último cartucho.

—Creo que necesito un cigarro... —dijo él sin volverse a mirarla.

La chica hizo el gesto de levantarse para seguirle pero en ese momento llegó Alberto, que había estado observando la escena discretamente desde el otro lado de la habitación.

—Oye, Gloria —entorpeció su paso—, la semana que viene tenemos la comida de los abuelos, ¿no? He pensado que todos los primos podemos hacerles un regalo.

Jaime aprovechó el buen hacer de su mejor amigo para salir al balcón a tomar el aire. Hacía buena noche. Estuvo un par de minutos mirando al frente tratando de recordar el momento en que todo había empezado a desvariar. El resultado de su caos interno le perseguía cual perro rabioso y comenzaba a hartarse de no dar con algo auténtico, puro, natural. Sacó un cigarro del paquete y justo al ponérselo en la boca alguien heló su acción.

—Hola, perdona, ¿puedo coger uno?

Por un segundo, con el "Hola", pensó que era Gloria, de nuevo, acechándole por la espalda y su mueca de hastío fue instantánea. Pero enseguida se dio cuenta de que aquella voz no le resultaba familiar. Se giró con el cigarrillo medio colgando en sus labios y cara de interrogación. Durante un segundo se detuvo a mirarla: era guapa.

—¿Hola? —le sonrió ella extrañada.

—Esto...—dudó—. Hola, perdona... Estaba en mi mundo —miró hacia la calle.

—¿Te puedo robar uno? —sonrió ella dirigiendo sus ojos a la cajetilla de cigarrillos.

—¡Claro, claro!

—Gracias —se puso el cigarro en la boca esperando que Jaime le diera fuego.

—No nos conocemos, ¿no? —Jaime le acercó el mechero. Ella prendió el cigarro y dio una larga calada. Expiró el humo girando la cara para alejarlo de él.

—No creo, he venido acompañando a una amiga.

—Así que de acompañante... —sonrió él dándose cuenta, al instante, de lo absurdo que quedaba repetir lo que ella ya había dicho.

—Sí, se supone que se tenía que encontrar aquí con un tío y me ha traído de red de seguridad, por si la cosa no... ya sabes —encogió los hombros y subió las cejas simulando.

—Entiendo... ¿Y qué?, ya se han encontrado, ¿no?

—Sí, sí... Creo que no me necesita —miró hacia adentro y señaló a una pareja besándose en el sofá.

Rieron a la vez.

—Al menos parece que alguien se lo pasa bien —suspiró Jaime.

—Pues sí... —ella se apoyó en la barandilla perdiendo la mirada.

—Me llamo Jaime...

—Bonito nombre...

—Mis padres estaban inspirados, supongo —se rascó la nuca—. ¿Los tuyos qué tal andaban de inspiración?

—No demasiado bien... —sonrió traviesa.

—¿Sabes? Yo tengo una máquina que mide esas cosas. Le dices un nombre y te indica el nivel de inspiración paterna... ¡Es genial! —bromeó él sacando un móvil anticuado del bolsillo.

—¡Vaya! Te veo a la última —ironizó ella jocosa.

—Uno, que tiene sus inquietudes —movió su cabeza quitándose importancia—¿Entonces?, ¿probamos? —guiñó el ojo.

—Mejor otro día.... Hoy solo quiero fumar.

—De acuerdo. Es un buen plan —tragó saliva y sintió que sobraba.

Se quedaron en silencio durante un buen rato. Ella fumaba lentamente, inspirando el humo con delicada paciencia. Él no podía dejar de mirarla de reojo, escrutándola, analizándola. Era misteriosa, seductora, intimidante y sencilla en cada gesto.

—Yo no fumo, ¿sabes? —dijo al fin.

—¡Ah! Vaya.... —respondió sorprendido.

—Sí, no soy fumadora, no me gusta en realidad.

—Pues lo disimulas bastante bien... —apreció irónico.

—De vez en cuando, me da el punto... Es como... no sé... dejar de ser tú mismo durante unos minutos, ¿sa+bes? Como ponerte en la piel de otro yo que fuma y bebe y hace locuras...

Jaime se quedó mudo. Se dejó atrapar por la serenidad con la que aquella desconocida exponía sus pensamientos. Era relajante escucharla, casi hipnótico. Al principio, le le pareció un poco arrogante pero, según iba construyendo sus discurso, Jaime entraba más y más en él.

—Éste —dijo ella alzando el cigarro—, es mi elemento de evasión. Me permite huir un rato de la realidad. Fumo, me abstraigo, miro hacia fuera. Son unos minutos de libertad. Pensarás que estoy loca pero es así —sonrió despreocupada.

—No, por favor, ¿loca dices? —rió él con cierta burla irónica.

—¡Me gusta tu estilo! —le miró por primera vez desde que le había dado el cigarro.

—No —le entró un nerviosismo extraño—, ahora en serio, te entiendo. Es fácil perderse en la realidad. A veces necesitamos largarnos...

—Sí. Normalmente uso mi cohete, pero me lo dejé en casa —explicó seria.

—¿Tienes un cohete? —Jaime deseó que fuera una ocurrencia y no un desvarío.

—Sí, soy astronauta, tengo un cohete azul en mi azotea —sonrió pícara.

—¿Pero para ser astronauta no hay que trabajar en la NASA o algo? —se subió a su historia.

—Es que soy autónoma... —hizo un gesto de obviedad.

—¡Ah, claro! Así sí— asintió con la cabeza cautivado—.

Nunca había conocido a una astronauta. Tengo muchas dudas que quisiera resolver a cerca de este tema como, por ejemplo, ¿a qué sabe la comida de astronauta?

—Bueno, hay cosas que es mejor que se mantengan en secreto. No quisiera meterte en un lío, me entiendes ¿no?

—No hay duda de que eres una astronauta muy implicada… —Jaime se exigía mantener un nivel de conversación elevado, pero la última copa se la había terminado demasiado rápido y le subió pronto—. Por cierto, ¿qué bebes?

—¿Yo? Cerveza… —le mostró un botellín en las últimas.

—¿Te parece si voy a buscarte una? —Jaime señaló la ventana.

—Genial, pero antes —puso su mano sobre el hombro de él—, ¿me das otro cigarro?

—¡Claro! Toma —le dio el paquete entero—. No quisiera que te faltara evasión en mi ausencia.

—Muy amable —sonrió con dulzura.

Jaime tomó rumbo a la cocina pensando en lo inesperado de esa conversación con aquella desconocida. Y deseó regresar rápidamente para continuar, toda la noche si hacía falta, y descubrir hasta dónde podía llegar la imaginación de ambos. De repente, la reunión inapetente se había convertido en un filón de sensaciones positivas. Llegó a su destino embrujado por las palabras de la chica sin nombre. «*Astronauta autónoma*», pensó, y se le escapó una leve sonrisa.

—Oye —le interrumpió alguien.

Él se irguió creyendo que era la mujer que, en ese momento,

copaba su pensamiento. Se giró ya con la cerveza en la mano y sonriendo.

—Espero que mañana no tengas ninguna misión importante —dijo mientras terminaba de darse la vuelta.

Para su impacto, aquella no era la chica que esperaba, era Gloria con semblante de histeria.

—¿Te atreves a ligar con otra en mi presencia? —dijo enfurecida.

—¡¿Qué dices?!

—No puedo creer que me hagas esto... —añadió con los ojos bien abiertos.

Jaime tardó quince minutos en lidiar con aquella situación. No sabía cómo terminar con la estrategia de acoso y derribo que había adoptado Gloria desde hacía semanas. Mientras le hablaba de incompatibilidad de caracteres, se dio cuenta de que aquel no era un argumento que ella fuera a comprar. Optó, entonces, por echarse la culpa a la espalda y convencerla de que, en ese momento de su vida, no se sentía preparado para estar con nadie. El abrazo final ayudó al consuelo de la chica que le apretó con todas sus fuerzas buscando el roce con sus labios. Él la esquivó tratando de ser sutil.

—Voy a ver si me devuelven mi paquete de tabaco... —le dijo despegándola de su cuerpo con la delicadeza del que está manipulando una bomba de relojería.

—Nos vemos luego, ¿no?— el tono de esperanza de su voz provocó un escalofrío de pavor en Jaime.

—Sí, sí... —dijo enfilando la salida de la cocina—. Estaré por aquí —pronunció consciente de que aquello alimentaría las expectativas de la chica cosa que le pareció un mal menos si eso le permitía volver al balcón de inmediato.

Cuando llegó, la astronauta ya no estaba. La primera reacción que tuvo fue mirar barandilla abajo. Dio una vuelta sobre sí y vio su cajetilla de tabaco en el suelo. La recogió decepcionado y la abrió instintivamente, seguía prácticamente llena. En el cenicero había tres colillas. Se quedó pensativo. Miró hacia el salón. No estaba. «*Quizá haya ido al baño*», pensó consolándose. Esperó un rato y vio salir a un par de chicas del aseo. Volvió la mirada hacia la cajetilla. Jugó con ella y vio algo. En el dorso había un número de teléfono y el dibujo de un pequeño cohete. Sacó el móvil para confirmar sus sospechas. Al tocar las teclas la pantalla siguió en negro. «*Mierda de batería*», resopló.

Si la noche le había dado la espalda a sus aspiraciones, «*¿qué sentido tiene seguir aquí?*», reflexionó. Dos horas después de llegar a casa de Alberto, la incomodidad le punzaba en el estomago. «*Voy a irme*», pensó y se acercó a su amigo que abrazaba a Marisa por detrás mientras, ebrio, le intentaba besar en la mejilla y ella le esquivaba risueña.

—¡Calzonazos! —entonó Jaime dándole una sonora palmada en la espalda—. Me piro, colega.

—Eh tío, ¡qué dices!, ¿tan pronto? —exclamó el amigo inconformista.

—Sí. sí... Algunos no tenemos fines de semana —se justificó

aún creyendo que no era necesario.

—¡Joder colega!, por un día... ¡Siempre te escaqueas!

—No creo que me echéis de menos por aquí...—hizo un barrido con la mirada por la zona del sofá evidenciando el enjambre de parejas en pleno fervor del cortejo moderno.

—A estas horas ¿qué quieres? —Alberto puso su cara de resignación mordaz.

—Pues eso, que está todo el pescao vendido... —sonrió Jaime volviendo a palmear la espalda de su amigo.

—¿Quieres que te busque un pescao? Yo te busco un pescao...

—No tío —rió Jaime a carcajadas— A estas alturas creo que soy capaz de pescar por mí mismo.

—Será por caña... —Alberto hizo un movimiento rápido de mano dirigiéndola a las partes nobles de Jaime cuyo acto reflejo fue esquivar a su amigo dando un salto hacia atrás. Ambos rieron con la complicidad del gesto interiorizado por la reiteración.

—Venga va, me marcho ya.... —se abrazó a su amigo.

—Cuídate tío.

—Adiós Marisa —se acercó para darle dos besos.

—Sí, sí, adiós —ella le ofreció las mejillas manteniendo la indiferencia.

—Llámame esta semana y comemos o algo —le dijo Alberto.

—Sí, venga... ¡Hablamos! —gritó a distancia, alzando el brazo y despidiéndose con la mano de los pocos que prestaron atención a su marcha.

Ya en el rellano y pulsando el botón del ascensor se alegró de no haberse cruzado con Gloria antes de salir. «*Solo me faltaba eso, otra media hora de explicaciones vacías*», pensó mientras el ascensor descendía y él jugueteaba con su paquete de tabaco pasándoselo de mano en mano. Cuando salió del edificio sintió una ráfaga de liberación, como si en el exterior de aquel lugar se le permitiera pensar en lo que realmente le apetecía. Y lo que le apetecía no era otra cosa que rememorar la conversación que había tenido con la chica misteriosa.

Repasó, insistentemente, cada una de las palabras que habían salido de aquellos labios de naturalidad seductora. Memorizó la imagen de la chica, rebobinando los recuerdos en su mente, una y otra vez. Y, cuanto más pensaba en ella, en su conversación interesante y en sus gestos, más atractiva le resultaba. Tanto que se le antojó inalcanzable. Volvió la vista atrás, por un momento, dejando a lo lejos aquel portal, aquella calle y le sobrevino la nostalgia. Notó que su cuerpo se ablandaba a cada paso que le separaba de aquel lugar, sus músculos, desganados, se esforzaban por mantenerle en pié. Y, entonces, ya no quiso seguir pensando en ella. Le atraparon las ganas de retroceder en el tiempo para borrar lo que había ocurrido. Se preguntó cómo era posible que existieran todavía personas en el mundo capaces de robarle el aliento. Y abrumado por la sorpresa, por su reacción y por el misterio, pasó el trayecto hasta su apartamento abstraído por un mar de inspiración no apto para mentes racionales.

Capítulo 2

Equipo de abordo

Entró en su piso a tientas. La luz del techo del salón-cocina-comedor fallaba y solo se encendía al azar. En dos pasos ciegos, pero estratégicamente memorizados, llegó a la lamparita del otro lado de la habitación. Se iluminó la estancia y casi prefirió volverla a apagar. El desastre era el único compañero de piso que le había durado con el paso del tiempo. Después de algunas experiencias incómodas, había llegado a la conclusión de que nadie entendía su manera desenfadada de habitar un espacio. Tenía algunos ahorros, que iban menguando más rápido de lo que su cálculo optimista determinaba, y en cuanto vendió un par de cuadros, gracias a Alberto, se fue por su cuenta, pese a que su amigo le recomendara lo contrario.

De alguna manera, ese paso, para Jaime, era como estar apostándolo todo al caballo ganador. Se metió a ciegas en la boca del dragón con la esperanza de que, al final, todo saliera bien, sin saber cómo, quizá de forma milagrosa. No se consideraba a sí mismo un talentoso artista de aspiraciones triunfales, pero de algo estaba seguro: había probado otras cosas, profesiones que le desquiciaban, otras que le aburrían, otras que le resultaban indiferentes y, tras años y años de hacer lo que debía, se encontró naufragando en una marea de apatía que le debilitó el espíritu.

Se sentó en el sillón, al lado de la mesita. Pasó su mano derecha por el apoyabrazos notando la sensación áspera de un ante estropeado por el roce. Recordó el día en que lo había recogido de la calle. Recién mudado al barrio de Gràcia, un martes, paseaba con Alberto y Chus después de tomar unas cervezas. Achispados divisaron un sillón color verde botella a lo lejos y se acercaron.

—¿Quién habrá dejado esto aquí? ¡Si está nuevo! —dijo Chus.

—Hombre, nuevo, nuevo.... —cuestionó Alberto.

—Pues yo no tengo ni para un sofá... Así que... —Jaime se agachó para poner sus manos debajo del sillón y les invitó con la cabeza a ayudarle.

—Tío, esto debe pesar un cojón —negó con la cabeza Alberto.

—Además, ese color... no es tu estilo —se burló Chus amanerando sus gestos.

—¡Callaos imbéciles y ayudadme!

—¿Pretendes que subamos este mastodonte, no solo toda la calle cuesta arriba, sino, encima, los mil quinientos escalones de tu bloque, lo pasemos por un pasillo en el que ni siquiera cabemos nosotros mismos y te lo coloquemos en un minipiso lleno de cajas que, por cierto, no te dignas a desembalar porque eres un vago? —relató Alberto como si lo estuviera leyendo en una pantalla instalada delante de sus ojos—. ¡Venga vale! —terminó vacilón y rieron los tres a la vez.

Recordando la habilidad con la que lograron entrar el pesado sillón a su piso, se durmió dejando caer la cabeza hacia atrás, los brazos colgando y las piernas estiradas. Se despertó sobresaltado, creyendo que se había quedado traspuesto durante un par de minutos. Miró el reloj y habían pasado casi dos horas. De repente, se acordó que tenía el móvil sin batería y el número de teléfono de la chica misteriosa en su cajetilla de tabaco. Se desveló instantáneamente. No eran horas de llamarla pero le apeteció. Y no entendía cómo el simple hecho de cargar la batería del teléfono le producía la sensación de estar un poco más cerca de ella. Con el recuerdo de su mirada perdida se dejó caer en la cama, apartando con desgana algunos bocetos, pinceles secos y tubos de pintura.

A la mañana siguiente se despertó débil, como si se hubiera pasado la noche en un estado de semiconsciencia. Miró al frente y vio la pared repleta de lienzos apoyados unos sobre otros, obras a medio terminar. La alarma biológica que le indicaba el inminente cumplimiento de los plazos de entrega llevaba días avisándole. Pero Jaime creía que la inspiración de verdad no se podía forzar. Ponerle plazos a la creatividad minaba su espontaneidad y, por lo tanto, su esencia. Pero las necesidades económicas le obligaron a renegar de su convencimiento en favor de su propia subsistencia. Lo mismo le había pasado en su vida personal. Desde su relación con Julia nada en él había vuelto a ser igual. La inseguridad y las dudas se transformaron en pasotismo y ligues fáciles. Y obviaba la persona en la que se había convertido por miedo a terminar odiándose a sí mismo.

Se levantó y ahí estaba, el lienzo rajado de la noche anterior señalado directamente por la claridad del día que se colaba por la ventana. Era como un gran foco resaltando su error. Se acercó, en calzoncillos y sin camiseta, a observarlo.

—La obra de mi vida —dijo acariciándolo con delicadeza.

Había aprendido a convivir con sus arrebatos de ira. Esos desgarradores instantes en que la poca razón que tenía salía de sí mismo para dejar solo la fiera enfurecida que lo destruía todo. Eran segundos de enajenación que siempre se saldaban con alguna obra mutilada, habitualmente las más especiales para él. Y las pocas veces que había osado reflexionar sobre aquel comportamiento llegaba a una conclusión que no le gustaba nada.

—Siempre lo estropeo todo —murmuró camino a la cocina cabizbajo.

Apoyó las dos manos en el mármol y cerró los ojos inspirando aire, llenó sus pulmones los cuales mantuvo en ese estado durante todo el tiempo que fue capaz hasta sentir un molesto dolor en el pecho. Expulsó todo aquel aire por la boca en un resoplido eterno que le dejó sin fuerza en las extremidades. Aquella era su medicina, su antídoto más socorrido después del alcohol y las noches de sexo anónimo. La liberación superficial dio paso al café y a una ducha. Con el pelo mojado, unos pantalones de lino largos, medio rotos y manchados de pintura, el torso al aire y descalzo, se acercó al lienzo rajado y lo observó, de nuevo, con detenimiento.

Lo memorizó hasta el más mínimo detalle y lo apartó para colocar en su lugar un lienzo en blanco. Quería reproducirlo pero no pudo trazar ni una sola línea. El miedo a no lograr una copia idéntica se apoderó de su pulso que palpitaba al son de su corazón inseguro. Y se desesperó, soltó el pincel que rebotó en el suelo, se puso las manos en el pelo y se frotó la cabeza violentamente dando una vuelta sobre sí mismo. Volvió a inspirar aire, pero esta vez no le sirvió de mucho.

Buscó comprensión en los objetos que le rodeaban. La soledad era implacable en aquel tipo de situaciones y no hacía más que engordar su desdicha. Tuvo ganas de fumar y en el mismo instante en que saboreó el filtro del cigarrillo se acordó de la chica misteriosa de la noche anterior. Sonrió y le bastó para aliviar un poco de carga. Miró la cajetilla y cogió el teléfono instintivamente. Marcó el número sin pensar en lo que iba a decir. Sonaron tres tonos.

—El Cohete Azul, ¿dígame? —una voz de hombre le encogió las pupilas y le dejó paralizado, no pudo articular palabra— ¿Quién es?, ¿hola? —segundos después, y sin haber obtenido respuesta por parte de Jaime, colgó.

Se quedó perplejo durante un buen rato. Lo que en un principio era el teléfono de la chica más interesante que había conocido en mucho tiempo, de repente se había desvelado como el contacto de un local llamado el Cohete Azul. «*Curioso y mofante juego el de la astronauta anónima*», pensó. Y su propio orgullo le impidió ver más allá del mal gusto que había tenido ella en darle un teléfono que no era el suyo.

Como no se sentía inspirado para trabajar, ni tenía ganas de maldecir su suerte, llamó a Alberto.

—¿Sí? — la voz de su amigo al otro lado del teléfono sonó rota.

—Tío ¿estás durmiendo?

—Estaba, estaba... —gruñó

—Oye, lo siento... —mintió deliberadamente—¿Te vienes a tomar algo?

—¿Ahora?

—¿Un vermú?

—Espera un segundo

Se escuchó un leve roce, supuso que su amigo había puesto la mano sobre el micro para tapar el sonido, un gesto que no cumplió con su cometido ya que Jaime pudo escuchar la voz de Marisa.

—¿Quién es? —dijo ella.

—Es Jaime que quiere que vayamos a tomar el aperitivo... —susurró Alberto.

En ese momento los ojos de Jaime se abrieron por el

impacto de escuchar a su amigo invitar a Marisa, cuando eso no iba en su propuesta.

—¿Pero no tenía que trabajar hoy? O follar o algo... —expulsó ella con la mayor de sus maldades.

—Supongo que debe tener un bajón de los suyos —aclaró Alberto convencido de la privacidad de su conversación— ¿Qué?, ¿le digo que nos apuntamos? —trató de animarla.

—Ay chico... pues no sé... a mí no me apetece nada... ve tú si quieres... —sugirió con desgana.

Jaime, decepcionado, dio por hecho que su amigo iba a darle una respuesta negativa, puesto que, según su opinión, aquella era la artimaña femenina por excelencia, estrategia en la que se dice lo contrario de lo que se piensa para probar los reflejos del hombre simple. Pero Alberto estaba demasiado dormido como para siquiera intentar descifrar la complicada gestión de pensamientos de la mente de su pareja.

—Oye que sí... Marisa no viene, que no se encuentra bien —la excusó, como siempre—. Pero un rato yo me apunto...

—Genial tío... En una hora en la bodega.

—¡Venga!

La bodega de Blas era el lugar de reunión habitual del grupo. Un pequeño y acogedor local, cuyo espacio se repartía entre las barricas de vino de pueblo y una decoración retro que parecía haber surgido de un afán coleccionista de objetos curiosos. Blas era el propietario, un hombre rudo y áspero al principio, pero afable y generoso «*en lo profundo, muy profundo*», solían decir los amigos. De hecho, ninguno llamaba a la bodega por su verdadero nombre: Bodega Peña Nueva. Alguna vez, después de tomar unas cuantas, se habían retado, unos a otros, a decir el nombre completo de aquel bar testigo de tan buenos momentos. Ninguno fue capaz nunca. Blas les observaba y reía, siempre con un ojo mirando a cualquiera que entrara por la puerta y osara permanecer en su bodega sin consumir. A Jaime y Alberto les gustaba calcular cuánto tiempo transcurría desde que alguien ponía un pie en el bar hasta que Blas le decía «¡eh!, ¿qué te pongo?», con su característica mala uva. «*En el fondo eres un trozo de pan Blas. Muy en el fondo, eso sí*», le decía Jaime con regodeo. A lo que el hombre le respondía: «*¿qué te crees, que este negocio se lleva solo? Que la gente es muy lista, no te fíes nunca chaval*». Y Jaime se reía y Alberto se servía otra caña directamente del surtidor diciendo «*y tanto, qué jeta tiene la peña*» y Blas le atizaba con el trapo.

Cuando Jaime llegó, Alberto ya estaba sentado en la barra charlando con Blas. Esperó fuera el tiempo que tardó en dar una última larga e intensa calada a su cigarrillo. Observó la escena, hizo una foto mental como siempre que un momento le parecía bello. Guardaba esa instantánea para recuperarla al ponerse frente a un lienzo. Era un retratista de vida, de la suya propia y no sabía expresarse de otra forma. Alberto le saludó con la cabeza, Blas agitó el trapo y Jaime entró.

—¿Qué pasa tíos? —dijo con chulería.

—¿Vermú? —preguntó Blas descorchando una botella y poniendo un vaso sobre la barra.

—¡Cómo te escaqueaste ayer, chato! —soltó Alberto con ironía dándole una palmadita en la espalda.

—Ya sabes que los eventos sociales no...

—No si ya... —se resignó el amigo.

—Y Marisa... ¿mejor? —esbozó media sonrisa.

Alberto rió.

—Ya la conoces —dijo

—Demasiado bien, demasiado bien... —asintió Jaime.

—¡Serás cabrón! —exclamó Alberto y se unió a la risa.

—De todos modos... —Jaime se giró hacia Blas—. Hombre ponte algo de picar ¿no? —volvió a Alberto—. No era una invitación para dos.

—¿Unas aceitunitas eh, Jaime? —dijo Blas saleroso.

—Ja Ja... muy gracioso —le lanzó una mirada de asco.

Odiaba las aceitunas, no podía ni olerlas y Blas siempre le hacía la misma broma. Se giró, de nuevo, hacia su amigo con una sonrisa forzada.

—Pues eso, que no te compro el pack...

—Ya tío... pero ¿qué quiere que haga?

—Hombre pues le dices "Mari, que me piro" y ya está ¿no? —rió arrogante.

—Sí, y a lo mejor me corta las pelotas también —susurró—. Pero oye, gracias por tu consejo, oh, gran gurú de las relaciones... aquí me lo guardo —se inclinó un poco hacia adelante levantándose levemente del taburete para hacer un gesto de meterse sus palabras por el culo. Rieron y bebieron un trago largo.

Blas les sirvió otra ronda y se alejó de la barra para atender a un grupo de clientes que acababa de entrar y estaban moviendo algunas mesas para sentarse todos juntos, cosa que al dueño le enervaba.

—Ya está Blas gruñendo —advirtió Jaime—. Si es que no se puede ser más auténtico, míralo.

El hombre parecía un policía de tráfico, tenía a los clientes moviendo las sillas de aquí para allá bajo sus órdenes. Y al que no las siguiera, golpe de trapo.

—¡Qué maestría, por favor! —espetó Alberto girando su taburete para ver la escena con mejor perspectiva.

Así estuvieron un rato, entretenidos con el entorno, sin decir nada, bebiendo. Alberto rebuscaba en el bol de frutos secos el cacahuete de mejores proporciones, Jaime dibujaba en la madera de la barra con su llave aprovechando que Blas no miraba.

—Joder, pues ayer terminamos con una buena taja, sí señor —murmuró Alberto sin dejar de mirar el bol.
—Llevabais buen ritmo —dijo Jaime sin levantar la cabeza, ensimismado en su creación.
—Te vi muy ausente —Alberto no perdió ocasión.
—¿Ausente? —repitió Jaime sin ganas.
—Sí, tío. Ausente, raro, torcido.... ¿vas pillando? —vaciló.
—Tengo la exposición en menos de un mes y no doy pie con bola tío... No sé para qué me meto en estos marrones

—se pasó la mano por la cara como si llevara una máscara y quisiera arrancársela.

—De algo tendrás que vivir, ¿no? Además, no me jodas, y hazme quedar bien, que nos conocemos —advirtió Alberto.

—Con lo fácil que sería vivir del aire... —sonrió y alzó la cabeza—. El caso es que yo quería hablarte de una tía...

—¡¿Una tía?! —casi vuelca el bol de frutos secos del ímpetu con el que atizó la barra— ¿Te has liado con una? ¿En mi fiesta? ¿Quién? Calla, calla, que lo adivino...—se quedó pensativo unos segundos—. ¡Roberta! —explotó.

—¿Roberta? —arqueó las cejas.

—Oye pues a mí me parece que Roberta está muy buena...

—No está mal, no, pero... ¿Recuerdas la última barbacoa? —hizo una pausa para intensificar el misterio— Pues eso —sonrió con picardía.

—¡¿Qué?!... ¡¿Qué?! —gritó Alberto en dos golpes secos separados por un desconcertante ronroneo.

—¡Pensaba que ya lo sabrías! Entre chicas los rumores fluyen cual río en primavera... —Jaime hizo un gesto alzando la mano como si recitara cual trovador.

—¡Déjate de mamonadas y al grano! —se incorporó en el taburete como si el tema requiriera un mínimo de solemnidad—. ¿Esto cuándo pasó?, ¿porqué no se me ha notificado? Y, lo más importante ¡eres un jodido cabroncete colega!—rió.

—Es lo que hay... —presumió exagerado—. Pero, en realidad, yo quería hablarte de otra cosa. Y lo de Roberta tampoco fue nada importante. Un polvo sin más. Ya ves que en la fiesta no hablamos. De hecho ni la vi.

—Ahora que lo dices... yo tampoco. ¿Vino? ¡Hostias, ni me acuerdo! —Alberto soltó una sonora carcajada que rozaba la vergüenza.

—¿Entonces?, ¡¿para qué me sacas el nombre de Roberta si ni siquiera estaba en la fiesta?!

—Hombre, porque yo pensaba que era la única tía del grupo que aún no te habías pasado por la piedra...—se le llenó con gozo la boca de ordinariez.

—¡Qué hostia más gorda tienes, amigo! —Jaime le golpeó la espalda más fuerte de lo habitual movido por una inaudita sensación de ofensa.

—Coño, será que digo una mentira...

—No sigamos por ahí —su semblante se tornó serio y ofuscado mientras retomaba su dibujo.

Blas volvió, como siempre, en el momento más oportuno. Vio a Jaime tallando concienzudamente su barra y le soltó un buen latigazo con el trapo.

—¡Cuántas veces te he dicho que no me estropees la madera!

—Blas, esto en unos años te lo quitarán de las manos. Ya verás cuando éste se haga famoso, ya. Vendrán mamones de todo el mundo a buscar sus rarezas artísticas y ¡caramba! he aquí una de ellas — Alberto, como siempre, trataba de relajar la tensión.

—Hola Blas, soy tu jubilación —bromeó Jaime vacilón.

Los tres rieron y el ambiente volvió al estado inicial.

—Venga, suelta ya lo de la tía esa... —dijo Alberto impaciencia.

—Es una tía que estaba en tu fiesta. No sé cómo se llama, no sé nada de ella. Bueno sí, me dijo que estaba acompañando a una amiga que iba a conocer a Iván.

—¿Iván, Ivanóvich? Madre mía, desde que está en la página esa no para, el notas.

—Eso es, Ivanóvich, el terror de las citas a ciegas. Tu amigo y cada día el de más mujeres— bromeó.

—¿Y cómo era la tipa? Porque a mí Ivanóvich no me presentó a nadie... creo.

—¿La que se estaba liando con él o la que yo conocí?

—La tuya, la tuya...

—Pues, no sé... así guapa, un poco más bajita que yo, pelo largo, rubia, ojos azules, enormes... Bastante maja, la verdad.

Alberto se quedó pensando.

—Oye, pues ahora que lo dices, sí que alguien me presentó a dos chicas que no tenía identificadas... podría haber sido Ivanóvich, sí... y vamos que eran bastante guapillas. De hecho, no sé por qué, las asocié con Marisa. Se ha cambiado de gimnasio y ahora sale mucho con unas tías que todavía no conozco. Se suponía que estaban invitadas a la fiesta estas también... Pero, ahora que lo pienso ¿qué sentido tendría que Ivanóvich me presentara a unas amigas de mi novia? Estoy pa'llá tío —rió.

—Hace tiempo que te dimos por perdido chaval —espetó con salero—. Así que, resumiendo, no tienes ni puta idea de quién es...

—¿Tu chica? —sonrió por la intención perversa de sus palabras—. Pues no, pero deberías preguntarle a Ivanóvich, él sabrá...

—No, no, paso... ¿A Iván? No, no —se quedó en silencio pensativo y prosiguió—, no, no, ni hablar. Yo a este casi ni le conozco, además es un pesao. Que no, que no —Jaime conversaba en voz alta con sus propios pensamientos.

—Entonces no, ¿no? —le vaciló—. ¿Le pregunto yo?

—Si te empeñas... —sonrió Jaime.

—Vaya morro tienes.

—El de siempre.

—Y que lo digas.

—Ahí vamos, tirando, no te creas.

—No hay mal que mil años dure.

—¿No eran cien?

—En tu caso mil, hay que darte más tiempo.

—Pues que sepas que a quien madruga, Dios le ayuda. Pero, ojo, que no por mucho madrugar amanece más temprano ¡eh! —Jaime alzó el dedo índice a modo de lección.

El juego de refranes era su idioma de la amistad,. A veces, se metían tanto en el rifirrafe que no se daban cuenta de que los demás, a su alrededor, dejaban de seguirles. Un día, incluso, en medio de una batalla de refranes que se les había ido de las manos, mientras los demás callaban desconcertados, Chus gritó: «*aquí o follamos todos, o la puta al río*» Fue tal la carcajada colectiva que desde entonces adoptaron esa expresión como coletilla cada vez que entraban en bucle. Y siempre surtía el mismo efecto desternillante.

—En casa del herrero, cuchillo de palo… y la puta al río.

—A caballo regalado no le mires el diente… y la puta al río.

—Pues tanto monta, monta tanto… y la puta al río.

—¡Basta! —se reían los dos a carcajadas, casi llorando—. ¿De qué estábamos hablando?

—Yo que sé, has empezado tú.

—Sabes que el alcohol no te hace bien.

—¡Ah! y a ti sí ¿verdad?

—Yo soy inmune.

—Os gano a todos —Alberto miró también a Blas con cara de desafío chistoso.

—Te espero en la calle —le respondió el tabernero.

—Luego, que ahora estoy con esto… —rió y buscó el nombre de Iván en su teléfono. Puso el manos libres.

—¡Alberto, tío, fiestaca la de anoche! —jaleó una voz ronca y somnolienta.

—Ey chaval, ya ves, una cosa fina, fina… ¿Qué tal vamos con esa resaca?

—Hombre, proporcional a la fiesta, high leven macho. Vamos, menudo sarao te marcaste, copón. Con su alcohol, sus hielicos, ahí con sus cosas para picar y todo eso, eres un crack… —Ivanóvich era famoso hacerle cumplidos a la obviedad y su euforia exagerada.

Jaime y Blas se miraban sin poder contener la risa. Alberto les hacía señales para que callaran y no se delataran.

—Gracias, gracias hombre. Óyeme una cosa… Tú ayer a la fiesta trajiste a unas tías, ¿no?

—Sí.… —hizo una pausa—. En realidad iba con una pero se nos acopló la amiga —se quedó un segundo callado y Alberto pensó que, a continuación, le diría el nombre de las chicas— Joder tío, vaya movidón… Me lié con la tía esta, ahí en la fiesta, ya sabes todo de lujo, y resulta que, no sé cómo, me sale con que es colega de mi ex. De verdad que no sé cómo llegamos a ese punto. Es que no me lo puedo creer, yo me tiro de un puente, joder —Alberto se reía en silencio negando con la cabeza— Y, claro, la tipa sabe toda la jodida historia… y me dejó tiradísimo, ahí con todo el calentón…

—¿Es que tú no puedes estar calladito?, ¿siempre tienes que soltar lo de tu ex cuando estás con una tía? Mira que te lo tenemos dicho… —sermoneó Alberto.

—Ni siquiera recuerdo haberla nombrado, tío —dudó Ivanóvich.

—¡Pero si lo haces siempre! —se burló Alberto.

—No me jodas.

—¿Y, a todo esto, te acuerdas del nombre de alguna de las dos? — se probó.

—Sonia es la nueva mejor amiga de mi ex, al parecer… me cago en mi vida —rió resignado.

—¿Y su amiga? —reintentó Alberto.

—No me acuerdo. Tampoco creo que las vaya a ver nunca más en la vida. Tal y como se me puso la Sonia esta, madre mía, no veas qué pollo me montó así en un momento, una cosa, de verdad, bárbara.

—Sí, tío, pero la otra… —Alberto miraba a Jaime, Jaime miraba a Alberto.

—¡Joder, ni idea! —espetó— ¿Pero a qué viene tanto

interés? —de repente a Ivanóvich se le iluminó la bombilla.

—Nada, hombre, cosas de Marisa —improvisó certeramente Alberto—. Ya sabes cómo es, que todo lo quiere saber... —y continuó sin dejar que el otro le diera la réplica—, bueno Ivanóvich, te dejo recuperarte de esa resaca, ya hablamos tío—.

—Venga tío, hasta luego. Y, oye, fiestaca... —reiteró.

Alberto rió y colgó.

—Nada tío, tu chica misteriosa no tiene identidad —dijo mirando a Jaime compasivo.

—Maldita sea —respondió el amigo desilusionado.

En ese momento Jaime no quiso comentarle a su colega lo del número de teléfono en el paquete de tabaco, ni la tremenda decepción que se había llevado al intentar localizarla. Se sentía estúpido por tratar de seguirle la pista a una chica que parecía más un fantasma que una persona real. Quizá otra loca, una desequilibrada inventora de historias cuyo fin era seducir a los hombres y dejarles tirados después. La típica mujer que a Jaime le enganchaba y de la que, luego, se acababa cansando. Demasiado problemática. Una de tantas con las que había estado y, sin embargo, no dejaba de pensar en ella. Seguía fascinado por el subidón de energía que había experimentado casi de forma instantánea. No era su belleza, no era su estar distante, eran sus gestos, su forma de hablar, su mente retorcida y, al mismo tiempo, sorprendente. Una iluminada de la vida. Una soñadora.

—Bueno, tíos, yo me piro —dijo Alberto.

—Yo debería también —siguió Jaime.

—Aquí me quedo yo, vigilando el fuerte —bromeó Blas con el codo apoyado en el tirador de cerveza.

Alberto y Jaime sacaron la cartera al mismo tiempo.

—Deja tío, invito yo —soltó Alberto mientras frenaba con la mano el gesto de su amigo de abrir la cartera.

—No hombre, que ha sido tu cumpleaños... —insistió Jaime.

—Por eso, por eso... y porque no tienes un puto duro también —rió Alberto.

—Eso es cierto...

Salieron juntos a la calle y, desde la puerta, lanzaron un gesto de despedida a Blas.

—Nada, tío, que tengas suerte con tu chica.

—Ya ves... En realidad paso del tema —dijo Jaime con desaire.

—Tú verás... Después de lo de Gloria, no te vendría mal reformarte un poco —sugirió el amigo.

—Calla, calla...—poco a poco Jaime perdía la mirada en la nada, como pensativo, como ausente.

—Últimamente eliges como el culo. Y, ojo, que es mi prima y yo la quiero, pero... Entre esta, tu vecina psicópata, la de los mil perros y, ahora, la mujer sin nombre... Por lo que cuentas, todas son unos partidazos... ¡Estás que te sales!

—Tienes razón, antes de liarme con alguien debería pedirle referencias, como hiciste tú con Marisa, ¿eh? —se burló con maldad.

Alberto sonrió.

—Mi mujer es una santa —dijo con la dulzura abriéndose paso entre una coraza varonil absurdamente impuesta.

—Sí, de las que ya no quedan —sonrió con cierto vacile.

—¡Mira el capullo este qué bien se lo pasa! No es tan terrible necesitar a los demás, lo sabes, ¿verdad? ¿Para qué habría tanta gente en el mundo sino? Piénsalo, la soledad un rato está bien pero, habiendo tantas personas a tu alrededor, resulta insultante no echar mano de su ayuda, ¿me captas?

—Veo por donde vas... Ya sabes que yo echar mano, echo —se burló de la trascendencia.

Alberto, de vez en cuando, tenía momentos así: divagaba, razonaba y, en según qué ocasión, sermoneaba. A Jaime le gustaba, en parte, porque se sentía protegido y, aunque su naturaleza le impedía confesarlo, la preocupación de su amigo le hacía sentirse importante, especial.

Se despidieron con un semiabrazo y unas palmadas en la espalda. Cada uno emprendió camino en direcciones opuestas. Jaime suspiró apreciando ese rato de dispersión. Volvió con paso lento hacia su piso temiendo lo que encontraría al llegar. «Hijo, *tú siempre posponiéndolo todo*», recordó las palabras que solía decirle su madre cuando era adolescente y admitió, para él mismo, seguir conservando esa actitud ante la vida. Posponer y evitar eran, posiblemente, las dos palabras que más había escuchado pronunciar a lo largo de su vida, sobre todo en boca de mujeres. Y no les faltaba razón, aunque él, digno y pretencioso, en ocasiones, se negaba a reconocer la mayor. Dibujó una sonrisa de resignación en su cara. No era la primera vez que pensaba en eso. Hubo un tiempo que hasta se propuso cambiar. Convencido de poder hacerlo, decidió enmendar sus errores. Se lo planteó como un reto, como una manera de convencer al resto de que él, a pesar de todo, era buena persona y no hacía las cosas con intención de dañar. Y quiso resolver terribles errores que habían herido a diferentes personas, personas importantes, algunas imprescindibles, como Julia.

Capítulo 3

Cálculo de trayectoria

Su historia con Julia fue una sucesión de encuentros y desencuentros. Ella apareció en su vida como un huracán, arrasando con las ruinas de relaciones anteriores y dejando una vasta extensión de terreno libre para reconstruir a voluntad y sin límites. Julia era vital y soñadora, un dulce y entregado ser con las ideas muy claras, una personalidad arrolladora y capacidad de sobra para tenerle enganchado sin esfuerzo. Eso le aterraba y le encantaba hasta el desequilibrio. Julia era todo y, sin embargo, a veces no lograba soportarla. Quizá porque siempre sintió no estar a su altura, quizá porque eran tales las ganas de aportarle lo que ella le daba, a simple vista sin esfuerzo, con su naturalidad, su autenticidad y su locura, que él se sentía dentro y fuera del juego constantemente. Con Julia fue feliz. Se reía, y él nunca reía, se dejaba llevar, y él nunca se dejaba llevar, se le iluminaba la mirada al hablar de ella, y a él nunca se le iluminaba la mirada por nadie. Ella le quiso como nadie le había querido y él la adoró como si no existiera otra persona en el mundo. A veces, no podía resistir ni el placer de besarla, de sentirla cerca, porque sentía que su cuerpo explotaba y se esparcía en mil pedazos por el suelo, volviendo a su forma original cada vez que ella deslizaba sus manos sobre su piel. Era capaz de descomponerle y recomponerle, ese era su poder.

«El amor es algo loco, desconcertante, intenso, profundo y bello. El amor es no poder estar sin el otro y, al mismo tiempo, conservar el misterio y las ganas de apretarlo en tus brazos tan fuerte que se fundan los cuerpos. El amor tiene que ser ilusión, sobre todo, y pasión y descontrol... Compenetración... Tiene que provocar una confianza tal que te dejarías caer en los brazos de la otra persona con la seguridad de que hará lo posible por cogerte... ¡Yo qué sé! ¡El amor es magia!» le explicó ella la primera vez que cenaron juntos en aquel bar escogido al azar, desangelado y solitario, con la comida a caballo entre lo tóxico y lo adictivo, que ella convirtió en el lugar con más encanto de la ciudad.

Su entusiasmo al hablar del amor, se expandía dentro del cuerpo de Jaime motivado por la luminosidad de su mirada y simplicidad con la que exponía sus pensamientos. Esa fue la primera de muchas conversaciones sobre el mismo tema, y entra unas y otras, vivieron un amor que no se podía definir con teoría, pero que, en la práctica, se pareció mucho a lo que Julia había descrito.

Cuando ni siquiera habían compartido más que un par de intensas charlas, Jaime empezó a comprender que su atracción no era solo fruto del magnetismo de Julia. Dentro, le estaba germinando un deseo que mezclaba la curiosidad y el delirio, con las ganas de pasar todas las horas a su lado, haciendo nada, creando universos en los que escapar de la insulsa vida real y mirando a los demás por encima del hombro, sintiéndose superiores por estar viviendo algo único. Pero, la intensidad de las emociones buenas se le fusionaba con el miedo a perder algo que aún no tenía. En por eso que, al principio, prefirió vivir de la expectativa que de la acción y le costó, le costó horrores decidirse a darle el primer beso. Aunque se moría de ganas, no encontraba el momento. Era acercarse a ella y empezar a temblar, a atascarse con las palabras, a sentir que todas sus experiencias pasadas no le habían enseñado nada. A veces se tenía que tocar la cara para ver si le había vuelto a salir acné. Pero no, era un hombre, un hombre un tanto cobarde y sobre pasado por los acontecimientos. Siempre odió admitirlo pero, en realidad, fue Julia la primera en besarle. Con su decisión, con su «*las cosas no hay que pensarlas, hay que hacerlas, sino los momentos pasan y te quedas con cara de idiota*». Y así fue. Después de esa frase ella le besó. De manera tan inesperada como anhelada. Un beso dulce y jugoso, al que le siguieron otros más carnales y apasionados, con toques de humedad excitante. Y fue genial, y dio mucho miedo. Un anhelo cumplido, un tesoro menos por descubrir. Lo que siguió a ese beso fueron muchas horas de cama. Sexo sin control, sin límites, sin prejuicios. Sexo al que nunca quieres renunciar y que antepones a cualquier otra actividad. Y el sexo, cuanto más placentero, más emocional se volvía.

—Qué bien lo hacemos, deberían darnos un premio —dijo

ella completamente desnuda en la cama, tumbada boca abajo y con gotas de sudor reflejando la luz como diamantina.

—¿El premio a los folladores del año? —respondió Jaime recuperando la respiración poco a poco.

—No lo llamemos follar... —rió juguetona— ¡Qué soez! —teatralizó—. Llamémoslo de otra forma... —le miró pícara mientras pensaba— ¡Ya lo tengo!... ¡Comer helado!— sus bromas eran como su manera de follar, imprevisibles. Y Jaime no podía dejar de reír.

—Yo sí que te voy a comer el helado a ti.

—Si vas en esa dirección no creo que lo que encuentres esté helado precisamente....

—Mejor. De repente he tenido antojo de algo caliente y húmedo.

—Sabes por qué está así ¿no?.

—¿Por qué?.

—Por ti.

Y volvían a hacerlo como si no lo hubieran hecho nunca antes. Con la misma intensidad del que se está descubriendo por primera vez. Con la misma dulzura del que no quiere dar un mal paso. Con la misma locura del que siente un deseo extremo. Y, ahí, todo era sencillo.

Pero, fuera de esos momentos en los que el cerebro prácticamente estaba desconectado, a Jaime, poco a poco, se le fue instalando la idea de que aquello no se podía sostener en el tiempo. De que, en algún momento, la intensidad se iría apagando y no sería capaz de darle a Julia lo que ella necesitaba, lo que ella merecía. Así se fue alejando de ella, sin decírselo, sin darle, al menos, la explicación que ella siempre le había pedido. Antepuso sus miedos a los sentimientos de ella. Y Julia le repetía, una y otra vez, un «*hablemos*» sollozante y desconsolado, entre la desesperación y la súplica. Pero él nunca habló, se escondió como un gato asustadizo, convencido de que el tiempo haría que la tempestad se apaciguara y todo volviera al estado de calma controlada en el que se sentía seguro.

Julia nunca le perdonó, pero volvió a caer en su influjo en varias ocasiones. Ella trataba de ser comprensiva. Le conocía bien, mejor que él mismo, pero no lograba hacer que Jaime se viera de la misma forma en que ella le podía ver. No lograba sacar de su cuerpo esas inseguridades que se encendían y apagaban en su interior como un neón estropeado. Nunca sabía cuando iba a ser el momento en el que él dijera «*ya no estoy al cien por cien*» y vivir con esa carga hizo que la chica agotara sus fuerzas, en cada nueva ocasión, con mayor rapidez.

—Estoy cansada. No puedo más contigo, conmigo, con nosotros…

—Pero, lo estoy intentando.

—Esto no va de intentarlo. Esto va de quererlo, de desearlo, de vivirlo, de sentirlo, de estar Jaime.

—Siento no ser lo que tú esperas.

—No se trata de ser lo que yo espero, se trata de ser lo que tú esperas.

Aquellas palabras nunca las puedo olvidar. Igual que nunca pudo olvidar a Julia. Su sonrisa dulce que escondía una madurez inalcanzable y una picardía que le hacía perder la cabeza. Esa intensidad en el sentir, ese cuidar el detalle, ese jugar con las palabras. Julia pensaba que era una persona como tantas otras y él solo podía verla única. Tan única que merecía algo mejor.

Por Julia él decidió cambiar, aunque nunca supo exactamente cómo hacerlo. Lo máximo que había logrado era ponerse enfrente de ella y reconocer sus errores.

—Sé que lo he hecho todo mal. Merezco que no me hables, que ni me mires. Pero para mí eres tú, siempre has sido tú y soy un cobarde por no reconocerlo antes... Sé que ya no estoy a tiempo, pero te echo de menos. Este año sin ti ha sido un desastre. No he logrado remontar. Nada se acercaba ni por asomo a lo que tú y yo éramos, nadie a tu altura. Ahora me doy cuenta de las cosas, del daño que te he hecho, y no me lo perdono...

—No entiendo nada ¿A qué viene esto, un año después? Un año en el que no has respondido a mis llamadas, a mis mensajes... Un año en el que me has ignorado, me has menospreciado con tu silencio, relegándome al último puesto de tu lista de prioridades. Es más, un año en el que no has dudado en coquetear con otras y restregármelo por la cara ¿Sabes lo que yo he sufrido? ¿A caso te has puesto en mi lugar en algún momento? Me dices esto ahora y ¿para qué? ¿para sentirte mejor contigo? Tú, tú y luego tú...

—Trato de sincerarme. Me conoces y sabes lo que me cuesta abrirme...

—No te costó cuando me decías "eres el amor de mi vida, después de ti no hay nadie".

—Lo sé y sigue siendo cierto.

—No te creo.

Cuando Julia no veía algo claro, normalmente siempre tenía razón. Pero Jaime lograba lo que nadie, hacerla dudar de su propio instinto. En aquella ocasión, ella perdió el control, lloraba de impotencia mientras Jaime hacía lo imposible para acercarse. Sabía que su mejor baza era el contacto físico: rozarla, acariciarla, dejarle sentir su cariño a través de la piel. Ella, tan contundente en sus palabras, tan firme en sus gestos, se desvanecía cuando le tenía cerca. Jaime era su kryptonita. Y ella lo era para él. Y, aunque en un lugar semiconsciente de su mente ella lo sabía, necesitaba pruebas concluyentes para seguir creyéndolo, para estar convencida de que Jaime era la persona que trataría, por todos los medios, de cogerla si se caía.

Ella nunca quiso crearse expectativas al respecto. Pero si Jaime hacía algo bien, sin darse cuenta, era crear grandes expectativas alrededor de su persona cuando se sentía fuerte, capaz, valiente y decidido. Cuando la vida le sonreía y su estado de ánimo iba colmado de euforia, Jaime se dejaba llevar sin control, sin dirección. Y eso confundía tanto a Julia, como a cualquier mujer con la que hubiera estado.

—Me encanta esto, me encantas tú, quiero más... ¡Fuguémonos! Vámonos a Las Vegas, nos casamos ¿para qué esperar? ¿Te imaginas? Ser marido y mujer. Señor y señora. Iría por la calle diciendo: "Esta es mi esposa, mi señora esposa" ¡Anda que no! —desvariaba en ocasiones, medio en broma, medio en serio.

Nadie le creía cuando fantaseaba en esos términos pero, de alguna manera, instalaba sensaciones de estabilidad en el imaginario de las mujeres. Estabilidad, amor, ideales de futuro. Por eso, cuando, a las pocas semanas, perdía el interés, dejaba un rastro de drama allí por donde había plasmado sus huellas.

Hacía año y medio que Julia le había dejado de hablar definitivamente. Después de muchísimo tiempo de sí y no, de nunca y siempre, de te quiero y te odio, ocurrió algo que a Julia le cambió totalmente la perspectiva. Habían logrado llegar a un punto en el que se veían, muy de vez en cuando, a veces, incluso, se acostaban, pero el resto de tiempo mantenían una relación de amistad relativa. Ella estaba convencida de que, a la larga, lograría pasar de la parte sexual, olvidarle y ser amigos, nada más. Él no pensaba. Podía estar con ella sin estar, tenerla sin la responsabilidad que conllevaba una relación, y le bastaba. Un día ella le pidió un favor, como amigos.

—Quiero hacerle un regalo a mi amiga Ruth, algo especial, por su treinta cumpleaños. Me gustaría regalarle una ilustración personalizada. Como las que hacías hace años que tanto me gustaban... Te pago lo que sea —sugirió.

—No hay problema... ¿Para cuándo la quieres?

—El cumpleaños es en un mes y medio.

—Ah, entonces tengo tiempo de sobra.

—Bueno, ojo, que ya nos conocemos y tú lo dejas todo para el final — alertó ella.

—No te preocupes, mujer, está hecho.

Ella, por si acaso, le fue recordando, periódicamente, el encargo y el tiempo que le quedaba para realizarlo. Jaime le respondía, al principio, con risas, burlándose de su falta de confianza. Cuando quedaban dos semanas para el día de entrega acordado, Jaime dejó de responder al teléfono. Ella le escribía mensajes pero tampoco obtenía respuesta. Dos días antes ella le envió: *«Necesito hablar contigo»*. Y él siguió sin dar señales. Pasado el cumpleaños. Ella, muy enfadada no pudo evitar volver a escribirle: *«Qué decepción Jaime, qué decepción. Ni siquiera eres capaz de avisarme y decirme que no cuente contigo. ¿Cómo se te ocurre? De verdad, qué mal»*. Y Jaime respondió: *«perdona, lo siento mucho. Han sido unos días muy locos, de encargos y movidas. De verdad que lo siento mucho»*. Era un comportamiento tan típico de Jaime que Julia ya no pudo aguantar más y siguió: *«No me puedo creer que a estas alturas de nuestra relación, sigas con esas excusas ¿Te crees que soy tonta o qué? Te dije que necesitaba hablar contigo»*, a lo que Jaime replicó: *«no voy a entrar al trapo, no me apetece discutir Julia»*. Ella enfureció, Jaime siempre lograba llevarla al límite con su pasotismo: *«No te preocupes que no vas a recibir nada más por mi parte»*.

Y esa fue la última vez que hablaron. Después de un gran amor, de todas las cosas que habían sentido y vivido juntos, lo que quedó fue rabia, rencor y silencio. Pero, esta vez, el silencio no venía de la misma dirección que siempre, esta vez era distinta.

Volvió al apartamento con el recuerdo de Julia rasgándole las entrañas. La echaba de menos, de esa forma en que se echa de menos ser pequeño y la idealizaba, de esa forma en que se idealiza la infancia feliz. Tuvo la tentación de llamarla pero, al echar mano del móvil, recordó que perdió toda su agenda meses atrás. Pensó en buscarla por las redes sociales, esas que él casi nunca usaba pero que debía tener por cuestión de presencia digital. No se sentía nada atraído por esa especie de burbuja donde todo era posible, donde tenías la capacidad de crearte una identidad y no hacía falta siquiera ser uno mismo. Un espacio impersonal que muchos usaban como parte imprescindible de su integración social.

Sobre ese tema había debatido con Alberto en numerosas ocasiones. Su amigo era, lo que llamaban, un *tuitstar* y un *blogger* de éxito. Su rollo eran las nuevas tecnologías y lo que empezó como un entretenimiento, una forma de compartir su conocimiento, terminó siendo una verdadera obsesión. Se debía a sus *followers*. Su teléfono era la terminal de operaciones desde donde jugaba a ser omnipresente. Jaime le observaba muchas veces atónito, le imaginaba vestido con harapos, tirando de un carro, con la espalda destrozada por los latigazos. Alberto era un esclavo más de ese mundo virtual absorbente y disparatado sin el cual parecía que nadie podía sobrevivir.

—A ti es que siempre te ha gustado ir de rarito por la vida, chaval. Que te gusta más ir a contracorriente que a un perro un hueso. Pero, digas lo que digas, internet tiene un montón de usos y no todos son perversos. Compartir información, acceder a conocimiento que, de otro modo, no tendríamos, intercambiar, comprar, vender... Que luego se haga un mal uso, ese ya es otro tema. Pero, por mucho que te diga, si no lo pruebas no lo vas a saber. Y, por favor, cámbiate ya ese móvil prehistórico que tienes, que me quitas credibilidad tío —se burlaba su amigo.

Alberto, además de gestionar sus múltiples plataformas de interacción cibersocial, también llevaba la parte promocional del trabajo de Jaime, a sabiendas de que su amigo no iba a ser capaz de sacarle el jugo necesario a la red. Así que, cada cierto tiempo, iba a su apartamento y fotografiaba sus nuevas obras para colgarlas en la web que le había montado. De esta forma habían conseguido atraer a algún comprador, poca cosa, pero suficiente para ir tirando. Alberto nunca le pedía nada a Jaime por hacerlo, pero Jaime, dentro de sus despistes, siempre le terminaba pagando las molestias de alguna forma: una comilona en su restaurante favorito, algún juguetito tecnológico del que su amigo fuera ferviente admirador, dejarle ganar al *FIFA*. Aunque esto último no valiera realmente como pago, a Jaime le hacía sentirse bien, ya que su colega era bastante malo y él muy competitivo, así que dejarle ganar era su manera de demostrarle su afecto.

Estaba seguro de que si intentaba ponerse en contacto con Julia, lo más probable era no recibiera respuesta y tampoco tenía muy claro qué quería decirle. Lo pensó durante un momento.

«Hola, qué tal te va todo? Vaya tontería. Hola Julia, soy Jaime. Así, claro, como si no supiera quien soy. Ey, Julia ¿cómo estás?. Julia odia lo de Ey. Nada que te escribo porque hoy me he acordado de ti. Me mata», se desesperó.

Lo pospuso otra vez. Después de casi dos años haciéndolo, no había en su cerebro palabras adecuadas para la ocasión. Y saber de antemano que Julia le iba a rechazar de todas las formas en que se puede rechazar a una persona, le paralizaba. Seguía con el móvil en la mano, imaginando los distintos escenarios que se hubieran producido de no ser él un "maldito cobarde". Fantaseaba. Y en todas las fantasías él terminaba con la chica. Su chica ideal. La súper heroína que le iba a salvar de todas las miserias de su vida, empezando por sí mismo. Y el móvil sonó. Número desconocido.

—¿Diga?

Jaime nunca solía ser formal respondiendo al teléfono. Alberto le obligó a serlo, al menos con las llamadas sin identificar. *«Quién sabe si puede ser un nuevo cliente. Ve con un poco más de ojo, hombre»,* le dijo.

—Hola, buenas tardes, ¿es usted el titular de la línea?

Jaime colgó al instante y lanzó el aparato al sofá. Se sirvió un generoso vaso de cerveza de una botella que debía llevar en la nevera semanas. Casi sin espuma ya, a Jaime no le importaba, solo quería sentir ese punto de amargor recorriendo su garganta. Colocó un lienzo en medio del salón, se quitó la camiseta y los vaqueros. Se manchó los dedos de pintura y comenzó a acariciar la tela como si tratara de seducirla. Imaginaba las curvas de Julia. Cerró los ojos y se marchó a un instante muy concreto de su pasado, un momento de paz y bienestar absolutos. En aquel hotel, la segunda vez que trató de recuperarla. Él hablaba, ella callaba, él se arrepentía, ella le fulminaba con la mirada, él se empequeñecía, ella lloraba. Y en el momento en que creyó que la tensión iba a desintegrarle, se decidió a abrazarla y ella dejó que lo hiciera. Tuvo la sensación de que todo lo anterior había desaparecido, de que el rencor y las malas prácticas explotaban y se convertían en vapor. Durante un rato solo existió ese abrazo, nada más. Y se sintió bien, mejor que nunca. Liberado, ligero, descargado de toda esa culpa que le pesaba. La autoestima en un buen nivel y solo quería flotar. Flotar junto a su amor. Ser todas esas cosas que jamás había sido, enloquecer por el sentimiento, mostrarlo sin reservas, poner a Julia en un pedestal y adorarla.

Pasaron los días. Un lunes por la mañana le llamaron de la galería.

—Jaime, soy Raúl. Estoy coordinando la logística de la exposición y deberíamos tener las obras aquí esta semana ya ¿Lo tienes todo preparado?

—Ey Raúl ¿Qué pasa? Sí, claro. Está todo listo. ¿Cómo lo hacemos? —la voz de Jaime trataba de sonar segura.

—Ernesto llevará la furgo para ayudarte con el traslado. Ya sabes como va esto. Aseguraos de que están bien protegidas.

En realidad Jaime no tenía ni idea de cómo iba eso. Era la primera vez que exponía en una galería de verdad. Aunque esta, realmente tampoco sabía si debía considerarla una de verdad. Era el prematuro negocio de un colega de un amigo de Alberto. El tipo, Raúl, había estudiado Bellas Artes y Empresariales, un chaval con una dualidad algo extraña a los ojos de Jaime, pero muy inteligente, aunque metiéndose en el negocio del arte emergente no lo demostraba demasiado. Al parecer, se había propuesto lo que, para muchos, parecía una utopía: apoyar a los artistas desconocidos.

Tantos lo habían intentado antes que, a estas alturas, resultaba una insensatez, un suicidio empresarial. Pero, aún sin ser pionero en este sentido, el muchacho tenía buen ojo y ya había organizado un par de exposiciones que habían generado un revuelo moderado, lo que estaba por encima de las expectativas de Jaime. Además, corría el rumor de que gestionaba contactos que le compraban colecciones enteras. Jaime se los imaginaba como magnates de la decoración de interiores. Al principio se reía al pensar que su obra podía terminar colgada en la sala de espera de la consulta de algún cirujano plástico. Luego, con el tiempo y las deudas acumulándose, dejó de lado sus prejuicios y determinó que una docena de sus cuadros colgados en el despacho de un «*abogacito*» especialista en divorcios, no le iban a definir como artista.

—Esta bien. Dame un par de días más para rematar y listo.

—Le digo a Ernesto que te llame el jueves y os organizáis entre vosotros, ¿ok?

—Dalo por hecho.

Al colgar un ráfaga de terror le recorrió el cuerpo. Tenía cuadros para aburrir, pero no lo suficiente bueno. No seguían ninguna línea argumental, no había una temática, no había un propósito. Y, aunque, él prefería que la gente viera sus obras desde la individualidad y no desde una temática global, Raúl había sido muy claro en ese aspecto.

—Lo importante es que haya un hilo argumental. Eso a la gente le fascina. Que cada obra tenga sentido por sí misma pero, al mismo tiempo, al verlas todas, se cree una sensación de recorrido por una historia…. Adoro eso.

Y, aunque Jaime, en aquella reunión, solo era capaz de prestar atención a los expresivos gestos de Raúl y el movimiento exagerado de sus brazos al explicarse, sorprendentemente, retuvo la parte importante del discurso. Y lo cierto era que no tenía historia. Estaba perdido. Pero el compromiso estaba tomado y, como decía Alberto: *«cuando uno da su palabra no se puede echar atrás»*. Era una frase que le había repetido en multitud de ocasiones, cada vez que Jaime volvía sobre sus pasos en infinidad de decisiones tomadas a la ligera. Bajaba la cabeza y Alberto, con su tono paternal, le decía: *«algún día te darás cuenta de que andas sin pisar»*. Él siempre creyó que era una forma elegante de llamarle cabra loca y, en realidad, no le importaba, es más, le halagaba que su amigo le viera de esa forma.

Se encendió un cigarro para calmar la ansiedad. Aparentemente era un bala perdida al que no le importaba nada ni nadie, pero algo en esa descripción no se correspondía con su sentir real. Julia lo había visto. Pero antes de Julia, hubo otra persona que le vio tal y como era. Que le observó, que le desnudó y le puso las cartas sobre la mesa. Esa persona fue Marisa.

Capítulo 4

Cuenta atrás

—Te quiero bonita.

—Y yo a ti.

Marisa y Alberto llevaban algo más de cinco años juntos. Todos en la pandilla estaban convencidos de que en su historia, tarde o temprano, aparecería un libro de familia. Lo suyo fue un amor que llegó con el paso del tiempo. De primeras lo llevaron a escondidas, prefirieron ser discretos, aunque todo el mundo lo sabía y nadie dijo nada dadas las circunstancias.

—¿Qué te parece que tu mejor amigo esté con tu ex? —preguntó el oportuno de Chus una vez.

—No es mi ex —respondió Jaime ofuscado.

—Hombre tío, ¡no me jodas!… Está claro que algo habéis tenido. ¿No te da ni un poco de mal rollo? A mí me lo daría.

—Ya tío pero es que tú eres una nenaza —bromeó riendo para deshacerse de la tensión del momento.

Jaime era implacable con respecto a Marisa y todo lo que rodeaba su relación siempre había sido un misterio, hasta para Alberto. Al menos, él nunca había comentado nada. Los dos se mantenían cómodos en un estado de «*lo sé, lo sabes, no hace falta hablarlo*». Pero, cada vez que Jaime pasaba una temporada de soltería estricta, Alberto era el primero en buscarle ligue. Al principio era divertido, luego se convirtió en algo inquietante. Sobre todo cuando Gloria apareció en escena. Con Julia fuera del juego definitivamente y un par de rollos sexuales mal resueltos, Alberto tuvo que jugar su carta más oscura: la prima desequilibrada. Jaime no llegó a saber si su colega era consciente de las aptitudes perturbadoras de esa chica, pero, de algún modo, si que percibió cierto arrepentimiento posterior por parte de su amigo. Gloria había actuado de revulsivo. Después de ella, a Jaime se le quitaron las ganas de estar con nadie. Y, aunque el sexo era salvaje y desinhibido en una escala muy sucia, la realidad era que Gloria no le aportaba más que situaciones que le desquiciaban: llamadas de control, mensajes sin medida, visitas nocturnas inesperadas...

—Gloria, tienes que parar de hacer estas cosas —le dijo Jaime en una de esas apariciones por sorpresa.

—¿Qué quieres decir? —preguntó extrañada y con inocencia impostada.

—Pues que no puedes comportarte como una novia desconfiada. Que no somos nada, vamos —trató de explicarle desde la frustración.

—Pero, ¿por qué dices eso?, ¿es que he hecho algo mal?, ¿no te gustó lo de la otra noche? —Gloria apretó, usando el sexo y el chantaje emocional para tratar de posponer el rechazo de Jaime.

—¿No ves que esto no va a ninguna parte? —insistió él a la desesperada.

—Solo me preocupo por ti. Quiero cuidarte, nada más —sollozó ella.

—Ya, pero yo no quiero que me cuides, mujer.

—Pero sí lo hago porque quiero. Nadie me obliga. Anda, no seas tonto… —le susurró acercándose a él y manoseándole con intención de llegar hasta su boca.

—Que no, que no… No estamos en ese punto —Jaime dejó de controlar las palabras que salían por su boca, concentrado en zafarse de ella.

—¿Qué punto? No le des tantas vueltas y déjate llevar… Si sabes que te gusta.

Gloria tocaba teclas que Jaime ni sabía que existían y lograba que bajara sus barreras, exhausto de lidiar con la insistencia. Él se dejaba pensando que, quizá, eran imaginaciones suyas y Gloria no era la *psicokiller* paranoica que había creado en su mente. Pero las dudas se disipaban pronto, justo en el momento en el que pretendía recuperar algo del espacio que ella invadía.

Lo que no acababa de encajarle a Jaime, era la forma en que Gloria había aparecido. Nadie la conocía hasta el día en que Alberto la llevó a aquella discoteca infernal donde celebraron el cumpleaños de Roberta. El objetivo de Jaime, aquella noche, era precisamente la homenajeada. Hacía tiempo que buscaba tener algo con ella. Pero Alberto le chafó el plan o, más bien, le obligó a posponerlo, cuando le trajo a la dulce y desvalida de su prima que no conocía a nadie y a la que, indirectamente, dejó a su cargo. La noche terminó en sexo. Un sexo prácticamente anónimo, que Jaime aceptó con gusto creyendo que la prima iba a desaparecer de la misma manera en que había aparecido. Pero la prima, no se fue, se quedó. Y lo peor es que se convirtió en la sombra de Marisa, lo que quería decir que iba a ser invitada habitual de los saraos de la pandilla. Si Gloria siempre iba con Marisa, y Marisa siempre iba con Alberto, Jaime estaba jodido.

De Marisa siempre pensó que fue la única mujer en su vida que le había tratado como él merecía, con desprecio. Desprecio desde el primer día. Y eso le excitaba. Lo hacía también con Alberto pero en un grado notablemente inferior y algo, digamos, más sutil. Con Jaime fue directa, sin ambages. Para Alberto, Marisa era su brújula, para Jaime fue su perversión. Su relación, desde el primer instante, se concretó en términos físicos. Nunca Jaime se había sentido utilizado de la forma en que Marisa le usaba. Ni siquiera solía besarle en la boca. Y aunque fuera muy pasional en su contacto sexual con él, todo aquello: la intensidad con la que le apretaba contra su cuerpo, las miradas seductoras, las sonrisas de complicidad, todo desaparecía a la mañana siguiente. Ella se tomaba un café y se marchaba. Jaime la odiaba en esos momentos y también la deseaba con más fuerza. Trataba de dejar que todo fluyera con naturalidad. Se veía con otras, incluso. Pero algo le hacía volver a Marisa. Algo que sentía cuando estaba solo en su apartamento. Algo que no podía definir, pero que le empujaba a buscar su compañía. Y así pasaron algunos meses.

—Hoy no puedo ir a tu casa.

—¿Por qué?

—Ya he quedado.

—¿Con quién?.

—Eso a ti qué más te da Jaime...

—Solo pregunto, mujer.

No eran celos, pero tampoco lograba quedarse indiferente ante los misterios de Marisa. Era extraño. Le aturdía y eso hizo emerger de sus entrañas su época pictórica más oscura. La deseaba pero no la quería. La perseguía pero no la terminaba de considerar especial.

—A ti lo único que te pasa es que no soportas que una mujer no quiera estar contigo —le dijo ella en una ocasión, después de echar un polvo y mientras se vestía con premura —Eres bueno follando, claro. Incluso, a veces, hasta te lo curras y te marcas unas caricias, unos abrazos y unos besos, que llevan el sello de garantía romántica. Pero, no nos engañemos, tú lo que quieres es que te doren la píldora, tenerlas comiendo de tu mano. ¿Por qué? Porque tienes la autoestima por los suelos, porque eres un inseguro de la hostia. Y hasta que no trabajes eso, hasta que no te conozcas, no dejarás que nadie te quiera de verdad. Solo usarás a las mujeres como se usan las máquinas del gimnasio, para realzar tu ego desvalido.

—Cómo te pasas, ¿no? —se ofendió él.

—Así soy yo —sonrió relajada y le besó.

Jaime se sorprendió. Fue un beso suave y penetrante. Apenas le había besado en aquellos meses y cuando lo hacía, era con besos a medias, besos insulsos. Pero esta vez no. Con aquel beso Jaime sintió a Marisa transmitiéndole una bocanada de nostalgia y algo de tristeza. Era una despedida. Él sabía, desde hacía tiempo, que ese momento llegaría tarde o temprano, pero nunca se lo imaginó de ese modo. Aquel beso era algo más que un «*me he cansado ya de ti*», algo distinto que, en aquel instante, él era incapaz de descifrar. Y no se atrevió a preguntar. Marisa se levantó de la cama sin decir nada, se colocó el abrigo de espaldas a él y, sin mirarle, se marchó. Jaime se quedó un rato con los ojos clavados en la puerta incrédulo, confuso y aturdido. Se sintió desprotegido, como si le hubieran robado algo.

A las pocas semanas lo supo. Marisa estaba con Alberto. Ellos aún no lo habían hecho oficial pero se intuía en el ambiente. Jaime quiso creer que era mejor así. Se convenció de que lo suyo no había sido más que un juego, unos meses de diversión sin más consecuencias. Y se apartó. Ponía excusas de todo tipo para no quedar con Alberto, para evitar ciertas reuniones de amigos donde pudiera cruzarse con ella. Pero su colega empezó a darse cuenta.

—¿A ti qué te pasa macho? —le preguntó extrañado.

—¿A mí? Nada tío —tiró de pasotismo para disimular.

—Joder, llevas un montón de tiempo enclaustrado en tu

casa... Estás hibernando, ¿o qué? —bromeó Alberto sabiendo que la trascendencia asustaba a su amigo.

—Algo así... —rió.

—No me jodas, vente donde Blas... En una hora. Te espero.

Pero Jaime no acudió, ni a ese, ni a otros encuentros expresos que le había propuesto su colega. Alberto ya hacía tiempo que había pasado de tomárselo como algo personal. Era muy propio de Jaime decidir, en el último momento, no presentarse. Así que había llegado un punto en el que ya ni le afectaba.

A Jaime no le molestaba que Marisa y Alberto estuvieran juntos. Es más, al principio se sintió aliviado. De esa forma en que uno se relaja tras haber hecho un gran esfuerzo. Él tenía claro que, para ambos, esa historia no había sido importante. Y estas cosas, cuanto más se dilatan en el tiempo, más se van oscureciendo y peor paradas salen las partes. Así que, las pocas veces que se permitía pensar en ello, concluía que Marisa había tomado la mejor decisión en el momento más adecuado. Eso le convencía y le permitía ver a la nueva pareja desde una perspectiva externa, sin implicaciones de ningún tipo. O eso creía.

El paso del tiempo lo fue normalizando todo. Jaime volvió a presentarse en los encuentros con los colegas y Alberto, lejos de seguir su estilo, obvió totalmente lo sucedido. Él era de afrontar, hablarlo, dialogar, gestionar las crisis de la mejor forma posible. Pero esta vez zanjó el tema con un *«¡cuánto tiempo, tío!, ya era hora de que salieras de tu cueva»* y una palmada en la espalda. La vida transcurrió plácida el tiempo que decidieron estar sumergidos en la ignorancia más absoluta. Marisa trataban de evitar, por todos los medios, a Jaime. Cuando él llegaba, con la tardanza de costumbre, ella se iba. Si él se sentaba en un lado de la mesa, ella procuraba ocupar un sitio en el lado contrario. Si él se acercaba a Alberto, ella fingía saludar a una amiga a lo lejos con la que terminaba yéndose a charlar. Una noche, cuando todo parecía haber tomado un cómodo estado de calma, Jaime se acercó a Marisa ebrio de suero de la verdad.

—Me estás evitando —le dijo apuntándola con su copa.

—Claro que te estoy evitando, ¡qué cosas tienes! —escupió ella con su brusquedad habitual.

—¿Por qué? —insistió él.

—Porque eres tú —obvió ella.

Al mismo tiempo que pronunciaba esas palabras, la chica miraba sutilmente hacia su derecha donde estaba Alberto adormilado en un sofá.

—¿Qué signiffff....fi..fi...ca eso? —balbuceó Jaime frunciendo el ceño.

—No creo que estés en condición de entenderlo ahora —le aclaró ella fría.

—¡Me da igual! —alzó la voz junto a su copa—. Quiero que me digas por qué me ignoras, ¿qué te he hecho yo? —insistió dramático.

—Ssssh, ¡no grites! —se volvió a comprobar por tercera vez que Alberto no se estaba enterando de nada.

Cogió el brazo de Jaime con fuerza y tiró de él para apartarlo de allí. Se lo llevó al baño.

—Jaime, ya te lo dije. Eres un egocéntrico. Te crees que el mundo gira a tu alrededor y no eres capaz de mirar más allá. Lo filtras todo desde tu única perspectiva. Eres así, no hay más —le dijo enfadada.

—Pero... —él puso las manos sobre sus hombros— ¡Menuda hija de puta estás hecha! —soltó una carcajada maliciosa—. ¿Te crees con derecho a decirme esas cosas, esas burradas, solo porque hemos follado?... y te habrás quedado a gusto y todo... —hizo una pausa y se pasó la mano por la boca, limpiándose restos de bebida que le chorreaban por las comisuras—. ¡Tú no me conoces de nada tía! Pobre Alberto, le compa...d..de..dezco —se atascó pero eso no le frenó— de haber pillado a una zorrilla como tú— le pellizcó la mejilla burlándose a lo que Marisa le apartó la mano en un gesto rápido y firme con su brazo—. Ahora que, si él ha elegido estar con una pieza así, no quiero ni pensar lo engañado que me ha tenido todos estos años. No puede ser que tenga tan mal gusto. Así te lo digo... —terminó dedicándole una mueca de desprecio absoluto. Marisa se largó en cuanto Jaime dio un paso atrás. Y él se tropezó con sus propios pies al intentar seguirla.

Por la mañana, a Jaime le invadió la vergüenza nada más abrir los ojos. Tenía lagunas y presentía que había hecho algo terrible. Recordaba partes inconexas de la noche. Tuvo que dedicar un rato a encajar las piezas. Recordó a Marisa, su cara desencajada, sus ojos abiertos, su boca cerrada, esa manera de fruncir el ceño cuando algo la impactaba, morderse los labios, inspirar profundo. Y entonces, las palabras retumbaron en su maltrecha cabeza: «*menuda hija de puta*». Abrió los ojos horrorizado. «*¡Hostias, qué cagada!*», gritó caminando sobre la cama temblando por los nervios. Meter la pata era algo que Jaime sin despeinarse. No era nada nuevo y, sin embrago, esta vez había echado el resto, como si no fuera a haber un mañana. Vomitó basura y Marisa la recogió. Se lanzó a por el teléfono en un movimiento veloz y quiso llamar a su amigo. Pero le dio miedo, mucho miedo. Si Alberto sabía algo de lo que le había dicho a Marisa, nunca más volvería a hablarle. Y ese castigo era más que merecido.

Aún y así, Jaime no podía quedarse con la duda. La debilidad de la resaca le impedía ser totalmente consciente de la repercusión de sus acciones. En ese estado, no podía sopesar si era mayor su cobardía, sus ganas de esconderse y no volver a sacar la cabeza de su agujero jamás, o la esperanza de que Marisa no le hubiera dicho nada a Alberto y todo quedara en una anécdota del tipo "la noche me confunde". La cabeza le retumbaba y pensó que, si hacía algo más de lo que arrepentirse, siempre podría usar la excusa de estar teniendo un día de perros. Así que llamó.

—¿Sí..?

—¿Alberto? —lo primero que tenía en la mente era analizar su tono de su voz.

—Joder, Jaime ¿qué hora es, tío?

—No sé

—Llámame luego que estoy fatal...—sonó un ruido de roces, como si el teléfono se hubiera caído.

—¿Alberto? ¿Hola? ¿Tío?... —Jaime no colgó, impaciente, esperando que su amigo volviera en sí.

—¿Hola?

—¿Marisa?

—¿Jaime?

—Hola...

—Oye, Alberto está durmiendo, que ha tenido una noche terrible... Te llamará luego ¿vale?

—¡Espera! — gritó Jaime a la desesperada.

—¿Qué quieres? —su voz sonó oscura.

—Sobre lo de ayer... lo sie...

Ella le interrumpió.

—No quiero hablar de eso.

—Mierda, Marisa ¡espera joder!

—Jaime, ya está, dijiste lo que pensabas, punto.

—Pero, oye...¿No le habrás...

—Claro —le interrumpió de nuevo—, lo que te preocupa es que Alberto no se entere, ¿verdad?

—Hombre, eso y...

Marisa no era partidaria de dejarle hablar.

—Oye, pues mira ni te preocupes. Alberto te quiere como a un hermano, no seré yo quién rompa eso.

Marisa colgó. Jaime no supo si respirar aliviado o temer esa nueva situación.

Capítulo 5

Orientación de la nave

Con la exposición a la vuelta de la esquina, Jaime tuvo que hacer acopio de cuadros antiguos, puesto que no había creado suficiente material nuevo. Y esto no fue por falta de tiempo, sino por la convicción de que trabajaba mejor bajo presión. Eso era lo que se decía para ocultar lo que realmente sentía. Y es que, si terminaba dejándolo todo para el último momento, era por evitar que le quedara tiempo para analizar, perfeccionar o plantearse, siquiera, si la obra era lo que él quería que fuera. Así lograba suprimir el momento del proceso creativo que más inseguridad le producía. Los demás pensaban que eso se debía a una excesiva confianza en sus capacidades. Y, muchas veces, la contradicción entre personaje y persona, le hacía sentir un fraude. A dos días de la entrega, estaba convencido de no tener nada decente.

Puso algunos cuadros frente a él. Algunos que ni recordaba, de la época de Marisa y, también, de Julia. Se quedó impresionado. Viéndolos así, con cierta distancia temporal, aquellos cuadros eran aquellas mujeres y, observándolos, su cuerpo era capaz de conectar, involuntariamente, con lo que sintió por ellas y con ellas. Suspiró atrapado por unos recuerdos que le hacían desconfiar de sí mismo. Esas relaciones había sido tan complicada, a lo largo del tiempo, que tuvo que usar la pintura como válvula de escape. Y nunca quiso enseñar a nadie todo lo que plasmaba en esas obras en concreto. Eran demasiado íntimas, demasiado crudas, demasiado él. Se encendió un cigarro. La vida, en ese intente, le pedía una dosis de adicción y de abstracción. Entonces, la vio, otra vez, en aquel balcón, con su sonrisa serena y su *«para mí fumar es como dejar de ser yo misma por un rato»*. Y eso quería él, abandonarse a la sensación de ser otra persona. Con el pitillo en la boca, se puso los zapatos, la camisa y salió.

El Cohete Azul era un bar que hacía esquina, relativamente cercano al piso de Jaime. Cuando llegó, le sorprendió no conocerlo. Miró, discretamente, a través de los dos ventanales antiguos, cuadrados y con los marcos pintados en un tono azul eléctrico. Advirtió un local acogedor, con mesas de mármol y sillas de madera con asientos de mimbre. Entró y se sentó en la mesa que quedaba más esquinada, para tener una visión completa del sitio. Le llamó la atención la decoración de las paredes, llenas de cuadros enormes que enmarcaban, lo que parecían, carteles de conciertos pasados. Había de todo: *The Killers* en Las Vegas, *Muse* en el Estadi Olímpic y uno de *The Strokes* en Los Ángeles, que le llamó especialmente la atención, ya que le pareció un artículo de coleccionista. Miró a la barra y vio a un chico barbudo, con camisa de cuadros típica de leñador. Se quedó absorto, como si hubiera entrado en un mundo paralelo, en el que todo se sentía común y, a la vez, extraño.

—¿Qué te pongo? —la voz profunda del camarero le sacó de su ensimismamiento.

—Ah, sí —se sobresaltó—. Un café solo, por favor —pronunció formal.

—¿Quieres comer algo? —ofreció con una sonrisa amable.

—No gracias —sentenció él.

—Bien.

Jaime siguió observando el entorno. Esa mezcla entre la estética de cafetería antigua pero con alma de bar moderno y una clientela heterogénea, no sabía si le transmitía autenticidad o falta de concreción. Como si el sitio no quisiera ser categorizado o, simplemente, existiera en su propio caos. Un poco como él.

—Aquí tienes —volvió el barbudo.

—Disculpa —tuvo una idea—, ¿te puedo hacer una pregunta? —cambió su semblante serio por otro más próximo y distendido.

—Dime.

—¿Trabaja aquí una chica? —preguntó sonriente, emocionado como si hubiera dado con la respuesta final en una partida de Trivial.

—Emm... —dudó pensativo— ¿Una chica?

—Sí. Estatura media, rubia, ojos claros... —concretó Jaime.

—¡Ah! No, ya no trabaja aquí —calló y miró a los lados—. Bueno, sí... Bueno, no.

Jaime se entusiasmó. Al parecer la astronauta autónoma no le había tomado el pelo del todo o, al menos, de la forma en que él creía.

—Pero... —quiso indagar más en la respuesta dubitativa del camarero.

—No puedo ayudarte más, disculpa —el barbudo le dedicó una discreta mirada de desconfianza y acudió al reclamo de las chicas que estaban en la otra mesa.

Jaime bajó la mirada hacia su taza y volvió a aparecerle la cara de aquella desconocida que le tenía el pensamiento monopolizado. Cuanto más pensaba en ella, más intenso sentía su vínculo. Desgranó aquel rato que pasaron juntos, perdiéndose en los detalles, en los gestos a los que, entonces, no había prestado tanta atención. Sus uñas rojas, con el esmalte quebrado en las puntas, signo de que se las mordía. Sus pequeñas arrugas en la comisura de los labios, de reírse. La forma de apartarse el flequillo de los ojos con un dedo o de tocarse la punta de la nariz al quedarse pensativa. El sutil rubor de sus mejillas y la sensual forma de beber directamente del botellín de cerveza.

Se tomó el café de un sorbo y fue a la barra a pagar.

—¿Me cobras por favor? —pronunció contrariado.
—Sí, uno veinte.
—Toma, justo.
—Genial, gracias.

Jaime le miró a los ojos fijamente durante un segundo, como si hacerlo fuera a demostrarle que era un hombre de fiar.

—Venga, hasta otra —dijo dando un suave golpe con la palma de la mano sobre la barra.

—¡Oye! —espetó el camarero.

—¿Sí? — se giró intrigado.

—La chica por la que me has preguntado antes... ¿La conoces de algo?

—¡Ah! —una chispa de esperanza iluminó sus ojos—. Pues... la conocí en una fiesta. Hablamos un rato y me dejó el número de este bar, ¿por? —preguntó con intención de sonsacarle.

El barbudo alzó las cejas y expiró una medio sonrisa, Jaime interpretó que la explicación le había convencido.

—Esta tarde tiene que pasarse por aquí —dijo mirándole pero sin terminar de fijar su ojos con los de Jaime—. No sé si esa información puede ser de tu interés... —sonrió con cierta ironía.

Jaime movió los ojos formando un círculo de pensamiento interno y volvió a enfocar la cara del camarero.

—¿Esta tarde? ¡Hostias, genial! Igual me paso... Muchas gracias, tío —levantó la mano para despedirse mientras se dirigía a la salida.

Se marchó a casa eufórico, «*un triunfo, por fin*», pensó. Allí le esperaban sus cuadros y sus mujeres en sus cuadros. Por un momento, lo había olvidado. Pero, allí seguía, por mucho que le pesara, su vida de los últimos ocho años en obras de arte amontonadas esperando su aprobación. Se hundió un poco y, los remordimientos hicieron que, pese a todo, la vida, en ese momento, le pareciera rota. Como aquel cuadro que yacía en un rincón, desgarrado por la frustración. Ocho años y aún no había logrado enfrentarse al dolor causado.

Preparó un lienzo. Se puso frente a él, inspiró profundo y cerró los ojos. Se aferró a las buenas sensaciones que había sentido en El Cohete Azul. Primero curiosidad, después sorpresa, más tarde nerviosismo y al final, ilusión. A simple vista todo muy contenido pero, en el fondo, habían sido pequeñas explosiones intimas de satisfacción. Trató de plasmarlo. Eso le recordaría, en el futuro, que era capaz de sentir, de emocionarse con las pequeñas cosas, de agarrarse intensamente a lo bueno y no siempre a lo malo.

Por la tarde volvió al bar. El barbudo le reconoció nada más cruzar la puerta y, desde la barra, le lanzó un gesto con la cabeza. Él se sentó en la misma mesa.

—¿Qué te pongo? —le dijo sin moverse de su sitio, denotando ya cierta confianza.

—Una cerveza.

Y cuando se acercó a la mesa con la bebida, inclinó su cuerpo hacia adelante reclamando su atención.

—Todavía no ha venido. Debe estar al caer.

Jaime le sonrió cómplice y dio un sorbo a la cerveza. La puerta del bar chirriaba cada vez que alguien entraba o salía, así que era casi imposible mantener la calma. No podía dejar de mirar en cuanto escuchaba aquel sonido estridente. Lo hacía con disimulo, no quería que la astronauta autónoma llegara y lo primero que notara fuera su mirada ansiosa. Bebía despacio y ojeaba el periódico como si le interesaran las penas del mundo. A pesar de tomárselo con calma, la primera cerveza cayó pronto. Miró al barbudo y el tipo entendió enseguida la señal. Cuando la segunda ya estaba por la mitad, Jaime empezó a desesperarse y se puso un plazo: «*cuando me termine ésta me voy. No pasa nada. Si no viene, no viene*», se intentó convencer. Instintivamente, bebió todavía más lento. Pero no fue suficiente. Dejó el último sorbo reposar en el botellín un buen rato, hasta que se calentó tanto que era imposible tomárselo. Llevaba allí algo más de hora y media y nada. El barbudo le miraba, de vez en cuando. Él lo notaba pero trataba de obviarlo. Sonó su teléfono. Era Marisa. Le extrañó muchísimo.

—¿Marisa?
—¡Jaime! —su voz, subida de agudos, saturó el sonido.

A Jaime el corazón le dio un vuelco, supo, de inmediato, que algo no iba bien. Y le recorrió un intenso escalofrío por todo el cuerpo.

—¿Qué pasa? —su voz se quebró, mientras se levantaba

propulsado por la sensación de emergencia.

—¡Jaime! ¡Jaime!

Fue hacia la barra.

—¡Marisa, háblame! ¿Qué pasa? —dijo impaciente y alterado.

Sacó unas monedas de su bolsillo y las tiró sobre la barra. El camarero notó su inquietud.

—Jaime. Alberto. La moto. Ven. Por favor. Ven... —le faltaba el aire.

Empezó a sentir una fuerte taquicardia. Marisa apenas podía expresarse y él apenas podía pensar.

—Marisa, ¿dónde estás? —preguntó corriendo por la calle sin rumbo determinado.

—En el hospital, en el Clínic. Ven. Jaime. Ven, ven, ven... —sollozaba.

—¡Voy ahora mismo!

Frenó en seco y se asomó, entre los coches aparcados, a la calzada. Buscó un taxi mirando en todas direcciones. Al no avistar ninguno y empujado por la urgencia, volvió a la acera para seguir caminando hacia una intersección. Entonces se la encontró de frente.

—¡Ey, hola! —le saludó con una sonrisa.

Jaime se quedó sin palabras. Tenía que irse. Tenía que correr. La había estado esperando casi dos horas y aparecía en el peor momento.

—Joder, hola. Hostia, voy con mucha prisa. Ha pasado algo. Tengo que encontrar un maldito taxi, ¡ya! ¡Joder! —espetó ahogado mirando con desespero hacia la carretera.

Ella abrió los ojos impactada y dejó de sonreír.

—¿Qué ha pasado? ¿Estás bien? ¿Necesitas algo? —le preguntó enseguida, buscando la conexión con su mirada perdida.

—¡Necesito un puto taxi! Mierda de ciudad. Mierda de calle. Mierda de vida...

—Tengo el coche aquí mismo. ¡Vamos! —imperó agarrándole del brazo.

Jaime no pensó. En dos minutos estaba sentado en su coche.

—¿Dónde te llevo?

—Al Clínic. Todo lo rápido que puedas... por favor.

—¿Qué ha pasado?

—Alberto. No sé. A Alberto le ha pasado algo. No sé, no sé nada... ¡Mierda!

—Ostras... El del cumple... —susurró tomando consciencia de la información que estaba recibiendo.

—Sí, joder... —Jaime se frotaba la cabeza desesperado—. Alberto, mi amigo, mi mejor amigo —enfatizó—. No sé qué ha pasado, ¿un accidente con la moto? No lo sé. Marisa no me ha dicho nada. Estaba... Mierda, mierda, mierda —la voz le oscilaba entre la intensidad y el susurro—. ¿Por qué? Hostias, joder... me cago en la puta... ¿Y si se ha... —abrió los ojos como si el peor escenario posible se hubiera desbloqueado en su mente.

—Estamos llegando —le interrumpió ella para desviarlo de esa terrible idea—. Respira, respira profundo —le aconsejó acompañándole con su propia respiración.

Jaime lo hizo. Y le vinieron todo tipo de pensamientos, todo tipo de recuerdos, todo tipo de situaciones que podían suceder en cuanto cruzara las puertas de aquel hospital.

—¿Es este el momento del que habla la gente? —dijo como atrapado en un desvarío—. ¿Los segundos antes de que la vida te cambie para siempre?

Sofía le agarró la mano. Jaime apenas tenía sensibilidad en sus extremidades y tuvo que mirar la acción para ser consciente.

—Te dejo en la puerta de urgencias, ¿vale? —dijo ella parando el coche.

—Sí. Gracias, gracias, muchas gracias…

Le apretó la mano en un último gesto de agradecimiento y se bajó del coche apresurado. Entró corriendo, dejándose el aliento afuera, directo al mostrador de información.

—¿Alberto Gutiérrez? —le soltó a la recepcionista.

—¡Jaime!

Reconoció la voz de Marisa, se giró y la vio corriendo hacia él, con los ojos rojos, las mejillas húmedas, un pañuelo en la mano y la expresión totalmente desencajada.

—¡¿Qué ha pasado?! Dime, ¡¿qué ha pasado?! Marisa, dime… —exigió aguantando la congoja que le presionaba la garganta provocándole dolor.

Marisa se lanzó a sus brazos.

—No lo sé. Me han dicho que le ha arrollado un coche. Pero no me dicen nada más. Te llamé en cuanto llegué aquí y desde entonces estamos sin saber. Jaime… ¡No puede ser! —lloraba desconsolada.

Jaime sentía que se iba a desmoronar y hacía esfuerzos por aguantar una situación que le superaba. Él no estaba preparado para una crisis de ese tipo. Alberto era el que siempre sabía qué hacer. Era el de las palabras correctas, el de los consejos precisos, el del consuelo efectivo. Su corazón palpitaba con fuerza. Si perdía a su amigo se moría, se moría y ya está. Marisa estaba desolada. No parecía ella. Su fortaleza, su dura apariencia, todo eso se había esfumado. Podía sentir su vulnerabilidad suplicándole ayuda. Tenía que consolarla. Era su deber. Era su responsabilidad.

—Marisa —la agarró de los hombros para mirarla cara a cara—, respira, respira profundo —repitió las palabras de la astronauta autónoma—. Así —sincronizaron sus respiraciones—. ¿Qué te han dicho exactamente? —le preguntó cuando sintió que se había calmado un poco.

—Que espere, que nos llamarán… Pero, pregunta tú… por favor —su mirada era pura súplica.

—Voy a ver… Siéntate un momento aquí —buscó un asiento libre y la ayudó convencido de que iba a desvanecerse.

Se alejó unos metros para volver al mostrador de información. Esperando a que le atendieran, se giró para observarla y la vio tan sola, tan perdida, que sintió una profunda compasión.

—Perdone. Pregunto por Alberto Gutiérrez Pereira. Nos han dicho que lo han traído aquí. Un accidente de moto, al parecer... —Jaime no podía creer la serenidad con la que estaba hablando cuando, en realidad, lo que sentía era que se desmoronaba.

—Lo han metido directo al quirófano. Les llamarán por megafonía para informarles. Puede esperar en la sala —le indicó alargando el brazo.

—Pero, ¿no nos puede decir nada más? —insistió.

—Lo siento. No tengo más información, caballero.

Jaime bajó la cabeza y se dirigió al encuentro de Marisa. Ella leyó su expresión corporal y empezó a llorar de nuevo. Él se sentó a su lado y la abrazó.

—Vamos a tener que esperar.
—Eso no puede ser buena señal.
—No nos adelantemos.

Un mal presentimiento le invadió. No quería ni pensarlo. No quería ponerse en lo peor, pero era inevitable. Notó que le vibraba el bolsillo. Sacó el móvil y miró la pantalla: era de la galería. Tuvo la tentación de colgar pero recordó a Alberto sermoneándole sobre lo de ser un buen profesional: «*tienes que implicarte, es tu trabajo, es tu pasión pero también tu trabajo. Y hacerlo bien está en tus manos, Jaime. Puedes lograr todo lo que te propongas. Lo sabes, créetelo de una puta vez, capullo*».

—Raúl, me pillas un poco mal.
—Jaime. Soy Ernesto, Raúl me dijo que podía llamarte para

pasar a por los cuadros...

—¡Ostras! Sí, perdona Ernesto... Mira, es que tengo un problema. Mi hermano acaba de tener un accidente. Estoy en el hospital. No sé nada todavía. Ahora mismo no puedo gestionar esto...

—¡Vaya! —dijo sorprendido—. Claro, claro. No te preocupes. Yo se lo comento a Raúl. Llámanos cuando puedas y vemos qué hacemos. Mucho ánimo tío. Si necesitas lo que sea, aquí estamos, ¿eh? No lo dudes.

—Te lo agradezco Ernesto. Hablamos.

Se acordó de que Alberto le había comentado que repetir el nombre de la persona con la que tienes una conversación *«es un gesto muy efectivo para transmitir confianza»*. No podía dejar de pensar, ahora, en todos los consejos de su amigo, como si seguirlos fuera a cambiar en algo el desenlace de los acontecimientos.

Marisa le miró con ojos de niña asustada. Él la abrazó más fuerte, ella apoyó la cabeza en su hombro y juntos esperaron en silencio. El tiempo se eternizaba. Jaime miraba hacia la puerta que se abría y se cerraba constantemente. Pudo ver a gente paseando ajena al drama y les envidió. La vida de antes ya no le parecía tan oscuro. Esta si que era la verdadera oscuridad. Y, con ese pensamiento invadiéndole el cuerpo, la vio de nuevo. Aquella chica tenía el don de la oportunidad. Entró en el hospital moviendo la cabeza hacia todos lados, buscándole a él. Sus miradas se encontraron y Jaime sintió como si le hubieran dejado inspirar de una botella de oxígeno.

—Estás aquí —dijo con una expresión agridulce.

—Claro —se sentó a su lado—, ¿sabéis algo?

—Todavía no —dijo Marisa medio ida.

—Me han dicho que lo tienen en quirófano —añadió Jaime.

—Bueno, toca esperar... —dijo en un tono calmado, juntando las rodillas y poniendo sus manos encima.

Jaime la miró fascinado. Era un destello de luz en el interior profundo de una cueva. Se permitió clavar sus ojos en ella, sin cortarse, buscando una tregua a su sentir. Ella le dejó, consciente de la magnitud de la situación. El silencio, solo roto por el murmullo de la gente y el sollozo constante de Marisa, cobraba una dimensión desconocida en los oídos de Jaime, era plácido y terrorífico al mismo tiempo. Alberto, posiblemente, estaba librando la batalla de su vida y él no podía apartar sus ojos de aquella chica que, sin conocerle, sin saber nada de él, le estaba acompañando en un momento tan crucial. Ahí la tenía, callada. Su mera presencia era más que suficiente.

—Familiares de Alberto Gutiérrez Pereira, por favor pasen por la puerta de urgencias— la megafonía vibró por todo su cuerpo.

—Vamos —Jaime ayudó a Marisa a levantarse y miró a la astronauta.

—Ánimo... —le susurró.

Entraron a urgencias y les estaba esperando una doctora.

—¿Son los familiares de Alberto Gutiérrez?

Ellos asintieron.

—¿Está bien? —preguntó Jaime instintivamente.

—Ha sufrido heridas bastante graves. Pero está estable...

—¿Qué ha pasado? No sabemos nada... —interrumpió Marisa con desesperación.

—Parece ser que le arrolló un coche —explicó la doctora—. Hemos tenido que intervenirle por una hemorragia interna. Se ha fracturado la clavícula y la pierna derecha. Está estable. Le vamos a tener en observación esta noche, por si hubiera alguna complicación... Está en la UVI. Pueden pasar a verle. La enfermera les acompañará.

Ambos se abrazaron aliviados. Marisa le apretaba con fuerza como si la presión la pudiera hacer despertar de esa pesadilla.

—Solo puede pasar uno —advirtió la enfermera.

—Ve, yo te espero fuera —dijo Jaime poniendo su mano en la espalda de Marisa para darle un suave impulso hacia adelante.

Salió por la misma puerta por la que, minutos antes, había arrastrado su alma sin saber qué se encontraría. Ahora se sentía notablemente más ligero y la buscó con la mirada. Allí seguía, no había desaparecido, no se había esfumado de nuevo dejando una pista de efectividad cuestionable. Ella, se levantó y le preguntó con sus expresivos ojos, a distancia... Él asintió y esbozó una leve sonrisa.

—Está bien. Está bien —suspiró aliviado.

—¡Cómo me alegro!

Se miraron, uno enfrente del otro, y los dos sintieron que querían abrazarse, pero se quedaron congelados y el momento expiró.

—Ahora está Marisa con él en la UVI —se sentaron—. Esperaré a que salga y la llevaré a casa —Jaime trataba de organizar las próximas horas y buscaba en ella un signo de aceptación, una señal que le indicara que lo estaba haciendo bien.

—Claro, ahora tienes que estar con ella. Pobrecilla, qué mal lo estará pasando. ¡Qué susto!

—Sí, está muy afectada. Ha sido muy fuerte todo. No me imagino lo sola que se habrá sentido —dijo con la expresión deshecha.

—¿Tenéis coche? Os puedo acercar si lo necesitáis.

—No hace falta. Ya has hecho suficiente.

—No me importa, de verdad.

—Te lo agradezco.

En realidad Jaime quería mantenerla junto a él todo el tiempo que fuera posible. Deseaba tener una conversación normal con ella, conocerla mejor. Pero la situación y él mismo, no correspondían. Se notaba débil, aturdido, pero quería seguir sintiéndola cerca.

—No sé ni como te llamas —soltó, de golpe, perdiendo la mirada un poco desubicado.

—Me llamo Sofía —sonrió discretamente

—Yo Jaime.

—Ya —volvió a sonreír delicada.

Se quedaron en silencio. Pasaron unos minutos.

—El tiempo se hace eterno en estos sitios —dijo él.

—Sí... —suspiró ella como si le hubiera leído la mente— ¿Sabes lo que hago yo para que se pase más rápido?

—¿Qué? —se sintió curioso.

—Me fijo en como anda la gente.

—¿En cómo anda? —se extrañó.

—Sí. Mira esa señora, por ejemplo. Pisa solo con las puntas. No pone los talones en el suelo... ¿Lo ves? Es como si no quisiera tocarlo del todo. Como si le diera apuro poner todo el pie sobre la superficie. Es algo muy sutil, pero se nota. Va a tientas, ¿lo ves? O ese otro señor, por ejemplo —se empezó a sentir un poco absurda pero continuó para mantenerlo distraído—, mira, se le abren los pies ¡Parece un pato! —rió bajito, de una forma muy íntima, solo para que Jaime pudiera contagiarse.

Él sonreía, no podía creerse ese momento. La conocía poco, pero ya tenía claro que era alguien fuera de lo común. Sintió admiración. Ponía tanta pasión en sus palabras, tantas ganas de que aquello le animara, de desviar su mente de esas últimas horas de angustia, que solo por el esfuerzo ya valía la pena dejarse llevar.

—Así que observar como anda la gente... —vaciló con un poco de flojera graciosa.

—Observando puedes saber tantas cosas de alguien... —

explicó didáctica—. Mira, esa enfermera…

—Uff, no sé si yo…

—Venga, prueba….

—A ver… lo intento… Da como pasos cortos, ¿no? —la miró buscando su aprobación—, rápidos por eso. Es como si fuera dando pequeños saltitos. Va con prisa pero, al la vez, se toma su tiempo… ¿voy bien?

—Genial —le sonrió.

—Necesita… —se obligó a seguir para impresionarla— tomarse su tiempo para… ¿pensar?, no sé…

—Mira —advirtió Sofía dándole un toque con la rodilla en su pantorrilla.

Jaime subió la mirada de los pies a la cara de la enfermera y amplió el plano. Se había acercado a una pareja que esperaba al otro lado de la sala. Les empezó a hablar. La mujer lloriqueaba afligida. El hombre la agarraba con fuerza del brazo. La enfermera tomó aire y cogió su mano en un gesto dulce. La mujer sonrió y le dedicó una mirada de agradecimiento. La pareja se abrazó. Y la enfermera, al dejarlos a su espalda, suspiró.

—¿Crees que se tomaba su tiempo para encontrar las palabras adecuadas? —dijo Sofía.

—Posiblemente —sonrió Jaime empatizando totalmente con el alivio de aquella mujer. Y, sin pensarlo siquiera, puso su mano sobre la de Sofía que yacía en su regazo. Ella se la apretó con fuerza.

—Odio los hospitales —susurró la chica vomitando las palabras desde un lugar inhóspito.

Jaime no supo qué decir. Prefirió quedarse en silencio observando sus manos juntas. Por un momento, se abstrajo. Sabiendo que Alberto estaba fuera de peligro y Marisa estaba junto a él, Jaime se permitió un minuto en blanco. Un minuto de no pensar en nada.

Marisa salió de urgencias, no mucho después, con un semblante ligeramente distinto.

—¿Cómo está? —se apuró a preguntar Jaime soltando la mano de Sofía y levantándose de golpe.

—Está sedado. Hasta mañana me han dicho que no le despertarán. Pero dicen que está estable. Fuera de peligro. Que posiblemente mañana le suban a planta y podré estar ya con él —le temblaba todo el cuerpo—. Tiene la cara llena de heridas, Jaime, no parece él—se le llenaron los ojos de lágrimas, aunque apenas le quedaban.

—Tranquila —la abrazó—. Ya verás como todo irá bien. Es cuestión de tiempo que le volvamos a tener dando la brasa, vas a ver.

—Me han dicho que igual le quedan secuelas en la pierna. Casi no podía escuchar al médico, estaba muy nerviosa. No me acuerdo exactamente de lo que me ha dicho...

—Ahora lo importante es que está fuera de peligro —dijo Sofía prudente.

—Sí, es cierto —respondió Marisa haciendo un esfuerzo titánico por sonreír para agradecerle sus palabras y se agarró a su brazo.

Estaba tan fuera de sí que ni siquiera había reparado en lo extraño de que aquella chica desconocida estuviera allí.

—Os llevo a casa. Tenéis que descansar —propuso Sofía.

—Eso es. Deberías dormir algo Marisa —añadió Jaime.

Sofia les llevó hasta la casa de la pareja.

—Yo os dejo aquí. Necesitáis estar solos —aclaró mirando a Jaime que iba en el asiento del copiloto. Marisa se había quedado dormida durante el trayecto.

—Muchas gracias por todo, de verdad —Jaime la miró a los ojos.

—No me las des, por favor, es lo mínimo…

—Has sido un gran apoyo. En serio —dijo solemne—. No sé ni qué hora es… Estoy que no estoy —se frotó la cara con las manos—. Es todo como una pesadilla de la que quisiera despertar. Pero, al mismo tiempo, no quiero despertar porque estás aquí…

—Habéis vivido un montón de emociones en muy poco tiempo. Tenéis que digerir todo esto. Y mañana estar con Alberto. Os va a necesitar. Tenéis que estar a tope…

Sus palabras sonaban expertas, sabias. Jaime no podía hacer más que asentir con la cabeza y mirarla agotado pero infinitamente agradecido.

—¿Intercambiamos teléfonos y me vas contando? —propuso ella.

—Sin duda.

Se dieron los números y se miraron fijamente durante un par de minutos. Ella se acercó y le abrazó.

—Mucho ánimo Jaime. Si necesitas cualquier cosa, llámame. De verdad…

—Gracias Sofía... en serio —la volvió a mirar a los ojos—, gracias —susurró con el alma saliéndole del cuerpo.

Jaime despertó delicadamente a Marisa y ambos salieron del coche.

—Haz que beba agua... —dijo Sofía asomándose por la ventana antes de emprender su camino.

Jaime agradeció ese recordatorio, no había caído en lo deshidratada que podía estar Marisa después de tantas horas sin probar un líquido. Subieron al piso, Marisa arrastraba los pies. La sentó en el sofá y él le llenó un vaso de agua hasta arriba.

—Toma —le ofreció—. Deberías comer algo también.

—No tengo hambre —le replicó ella terminándose el agua.

—Voy a ver qué hago. Una cosa ligera. ¿Te apetece una tortilla? ¿Algo de ensalada? —preguntó él rumbo a la cocina.

Las habilidades culinarias de Jaime eran escasas pero, en ese momento, se dejó guiar más por la voluntad.

—De verdad que no tengo hambre.

—Me da igual. Algo tienes que comer. Yo lo hago y ya verás qué bien te sienta...

Ella calló. Por primera vez desde que se conocían, Jaime llevaba la voz cantante. Se metió en la cocina y trató de encontrar los utensilios, sin demorarse demasiado. Mientras intentaba hacerle una cena medio decente, se asomaba para echarle un ojo. Ella se había acurrucado en el sofá, hecha un ovillo, lloraba en silencio. Le acercó unos pañuelos y la tapó con una manta. En ese momento se dio cuenta de lo importante que Alberto era para ella. Estaba hundida, hecha polvo. Y pensó que él no tenía a nadie en su vida que le quisiera hasta ese punto. Que muchas mujeres habían tratado tener ese tipo de relación con él. Que Julia, su amor, lo intentó con todas sus fuerzas y él no la dejó.

—Nadie es invencible —susurró Marisa como si estuviera leyendo en voz alta algo que estaba escrito en su mente.

—A veces no nos damos cuenta de lo frágiles que somos, ¿verdad? —dijo él sentándose a su lado y acariciándole el pelo.

—Alberto es la mejor persona que he conocido nunca. Él no se merece esto.

—Lo sé.

Y Jaime no pudo evitar pensar que él si que se lo merecía. Se hubiera cambiado por su amigo, al instante. Pero no podía. Marisa le cogió la mano.

—Tú también eres bueno, Jaime —le susurró apagando el fuego que ardía en su mente.

A Jaime la asustó pensar que ella podía leerle la mente

—Voy a traer la cena.

Al volver de la cocina, Marisa se había sentado en la mesa. Llegó pensando que tendría que batallar un poco más con ella para que probara bocado. Pero no, contra todo pronóstico, se dejó guiar. Él le puso el plato delante.

—Yo lo sabía —dijo ella.

—¿El qué?

—Yo sabía que tú eres así —pausó y miró su plato—. Que se podía confiar en ti. Pero te hacía falta coger las riendas.

A Jaime le temblaron las manos y se le resbaló el plato con su cena cuando estaba a punto de apoyarlo en la mesa, provocándole un pequeño sobresalto.

—Yo lo sabía... —continuó ella ajena al revuelo que había creado en el interior de Jaime— y por eso me enamoré de ti.

Esas palabras cayeron como un yunque sobre la espalda del chico. Sus ojos se abrieron tanto que se le emborronó la vista. «¿Enamorada? ¿Qué estaba diciendo? Se ha equivocado... ¿Enamorada? No es posible. Lo he escuchado mal», pensó alterado.

—¿Cómo dices? —parpadeó desconcertado.

—Me enamoré de ti —dijo como si fuera algo obvio.

—Pero... —Jaime quería decir algo pero no podía procesar y hablar al mismo tiempo.

—Como una loca, además —continuó su brote de sinceridad sin reparar en que Jaime estaba estupefacto—. Perdí totalmente la cabeza. Pero sabía que tú eras incapaz de implicarte. Estaba claro. Y, aunque te deseaba con todas mis fuerzas, preferí jugar a tu juego. Eso te mantuvo pendiente un tiempo —expiró una sonrisa con esfuerzo—, sabía que nunca podrías corresponderme...

Jaime dudó de si había puesto algo en esa tortilla que le

hubiera provocado tal ataque de honestidad. «*Los huevos de la verdad*», pensó y sonrió por dentro. La absurdidad le hacía sentir cierto control. Ella comía muy despacio, mirando el plato, tranquila. Bocados pequeños y pausados. Jaime no quería decir nada, estaba bloqueado y tenía miedo a incomodarla. Era una situación demasiado delicada y sentía todo su cuerpo en tensión por lo inesperado de esa confesión. Ella levantó la cabeza y le miró con sus ojos enrojecidos, brillantes y despojados de artificio. Algo en su expresión evocaba la desnudez más absoluta.

—Piensa en cuánto te quieres a ti mismo —cerró un poco los ojos invitándole a concentrarse—. Yo creo que no te quieres. Por eso no dejas que te quieran. En el fondo piensas que no te lo mereces. Pero todos merecemos que nos quieran. Y, sobre todo, merecemos querer... Cuando uno quiere, algo cambia en su interior, Jaime. Se convierte en una persona más generosa, más satisfecha. Y si el amor es correspondido... —le agarró del brazo, apretó fuerte y le enseñó una sonrisa plácida—Pero primero tienes que amarte para ser capaz de amar... No puedes sentarte a ver como pasan las cosas a tu alrededor y no hacer nada. El amor llega a ti, no hace falta buscarlo, pero cuando lo tienes, debes saber agarrarlo con fuerza, porque se escapa... Se escapa Jaime —afirmaba con la cabeza, pensando en Alberto—. Una vida sin emociones, es una vida vacía... A estas alturas —le volvió a mirar con tal intensidad que Jaime sintió como abría una grieta en su coraza—, lo tienes que saber.

Se hizo el silencio. No se escuchaba ni un ruido. Nada que pudiera desviar la atención de aquella magnánima revelación.

—Ya... —es lo único que acertó a decir él.

—Mírate hoy —Marisa había terminado su cena y había retirado un poco la silla de la mesa para dejar caer su espalda en el respaldo y estirar las piernas hacia adelante—. Mira como quieres a Alberto. Mira como me quieres a mí... Somos tu familia. Tú eres la nuestra. Te he odiado durante tanto tiempo, por tus arrogancias, por tu manera de usar a las mujeres y la insistente forma de despreciarte a ti mismo...

Jaime callaba porque creía que era incapaz de procesar. Escuchaba con atención y digería lo más rápido que podía. Trató de mirar más allá del impacto que le causaban las palabras de Marisa. Inspiró tan profundo que sintió que el oxígeno revivía partes que creía muertas. Y se dio cuenta de que el colapso creativo, que llevaba sintiendo desde hacía semanas, no era más que el reflejo de un bloqueo emocional de enormes proporciones.

—Pero ya no quiero odiarte más —hizo una pausa y Jaime contuvo como pudo las lágrimas—. Es que, en realidad, te quiero... —puso sus palmas boca arriba y encogió un poco los hombros— no como antes, claro. Te quiero porque Alberto te quiere. Y eso importa más que cualquier cosa que haya pasado entre nosotros.

—Marisa... —Jaime tragó saliva, necesitaba poder decir algo, sobre todo algo relacionado con aquella tremenda noche en la que la insultó de manera despiadada, pero no le salían las palabras.

—No digas nada ahora. Pensemos en Alberto. Mandémosle nuestra energía, la poca que nos debe quedar —rió de puro agotamiento— para que se ponga mejor —puso su mano encima de la de él—. Quédate conmigo, por favor. No soportaría estar sola esta noche.

—Claro —susurró.

Marisa se levantó, se acercó a su cara, le miró a los ojos y le besó en la boca. La unión de sus labios se sintió dulce, acogedora e íntima a niveles que descompusieron a Jaime. Fue el beso que Marisa nunca le quiso dar por miedo a descubrirle sus sentimientos. Y, a la vez, fue el beso que cerraba una etapa y abría otro, totalmente distinta, en su relación. Un beso de perdón, de amor en su forma más pura y de compasión. Ese gesto hizo a Jaime viajar a lugares que tenía vetados y conectar con emociones que tenía congeladas. Pero, a la vez, se sintió liberador.

—Me voy a la cama —le susurró al separarse—. Ábrete el sofá, tienes una almohada y sábanas ahí abajo —le indicó mientras se alejaba.

—Gracias —dijo él siguiéndola con la mirada.

Los dos supieron que su agradecimiento no se refería solo a las sábanas.

Jaime se quedó dormido en cuanto su cabeza tocó la almohada. No solía hacerlo pero aquella noche soñó. Y en su sueño apareció Julia, esa mujer que le había querido tanto. Sabía que era ella, pero estaba de espaldas, a lo lejos, esperándole. Él empezó a acercarse, alegre, con esa euforia que solo había sentido en contadas ocasiones, la mayoría a su lado. «¡*Julia!*», la llamó sonriendo, ella se giró y le saludó con la mano. Pletórica, espléndida y resplandeciente, derrochaba serenidad. Con la otra mano se acariciaba la barriga. Estaba embarazada. Jaime caminaba sereno pero con ganas de llegar hasta ella. Julia también andaba hacia él, pero la distancia parecía no acortarse. Él la observaba y pudo sentir, con total claridad, las cosquillas en el estómago. Nada empañaba ese momento, ni los miedos, ni las dudas. Solo sentía un profundo enamoramiento que le erizaba la piel y le recargaba las baterías. En el sueño parecía que el tiempo pasaba lento y se acumulaban las ilusiones y esperanzas con cada paso que no terminaba de acercarles del todo. Hasta que, de repente, la tuvo delante, como si hubiera habido un salto temporal. Y la emoción era desbordante, igual que las ganas de abrazarla. Pero, cuando fue a hacerlo, se despertó.

Tuvo un instante de decepción por no haber podido culminar su deseo. Pero, enseguida, se aferró a todas esas sensaciones que había olvidado que, una vez, hace mucho tiempo, llegó a sentir. Aunque nunca se dio permiso para disfrutarlas.

Marisa estaba despierta. Preparaba café en la cocina tratando de no hacer demasiado ruido. Jaime se quedó mirándola en silencio, le pareció estar viendo a otra persona.

—Hola —dijo él incorporándose en el sofá.

—¿Te he despertado? —se preocupó ella asomándose por la puerta.

—No, tranquila, ¿te ayudo? —se levantó deprisa.

—No, no. Date una ducha si quieres. Te he dejado unas toallas en el baño. Y ropa de Alberto para que puedas cambiarte.

—Gracias.

Después de la ducha, Jaime entró en el salón y vio en la mesa la cafetera, dos tazas y un plato con galletas. Le pareció un gesto bonito. Marisa le sirvió con naturalidad y se sentó enfrente. Bebieron sin decirse nada. Saborearon lo agradable que se sentía estar solos, juntos y sin tensiones. Por primera vez.

—¿Podrías conducir tú mi coche? Estoy algo nerviosa... —le pidió.

—Claro que sí —asintió.

—¿Nos vamos ya?

—Venga.

Llegaron al hospital. Les dijeron que todo iba según lo previsto, pero Alberto seguiría en la UVI, al menos durante la mañana, así que solo dejaban pasar a uno y poco rato. Marisa le ofreció a Jaime entrar. Pero él no quiso.

—Alberto ahora te necesita a ti a su lado. Ya tendré tiempo de verle. Pasa...

Marisa se lo agradeció con la mirada. Él volvió a la sala de espera. No quería dejar el hospital, aunque allí no hiciera nada. Se sentía más útil cerca de sus amigos que en cualquier otro lugar. Era pronto, pero necesitó contactar con Sofía. Le mandó un mensaje.

> *Buenos días. Ya estamos en el hospital. Todavía sigue en la UVI. Está Marisa con él. Cómo estás tú? Muchísimas gracias por lo de ayer. Me encantaría volver a verte. Un beso.*

Aquel lugar era tan incómodo, tan frío, tan impersonal. No le extrañaba que a Sofía no le gustaran los hospitales. Ella era todo lo contrario, cálida, cercana, «*personal*», pensó. Estar a su lado le hacía sentir bien, cómodo, sereno. Le transmitía tantas cosas buenas que no pudo evitar que le recordara a Julia y, sin saber muy bien de dónde, le vino un ahogo momentáneo. Salió fuera a respirar. Y aprovechó para llamar a la galería.

—Raúl, soy Jaime.

—¡Jaime! ¿Cómo estás? Ya me contó Ernesto… ¿Cómo va? ¿Está bien? —las dos últimas preguntas las pronunció bajito, con cautela.

—Está bien. En la UVI pero fuera de peligro. Ha tenido mucha suerte. Le arrolló un coche. Ahora mismo estoy en el hospital…

—Vaya, cuanto lo siento. Pero lo importante es que está… —no terminó la frase pero Jaime supo perfectamente lo que quería decirle.

—Sí, sí. Hemos tenido mucha suerte —repitió y se quedó unos segundos en silencio—. Oye, te llamaba por el tema de la exposición…

Jaime trató de mantener las formas, aunque le temblara todo el cuerpo. Hablar de lo que le había ocurrido a Alberto, lo hacía tan real que sentía que aún no había tenido el tiempo para procesarlo. Quería decirle a Raúl que no iba a exponer, que cancelaran. Y, seguramente, si aquello le hubiera ocurrido unas semanas antes, en pleno ofuscamiento, lo habría hecho sin dejarle a Raúl margen de réplica. «*¿Para qué?, si esto es lo que quiero hacer*», hubiera pensado. Pero, esta vez, algo estaba removido, algo que había detonado el accidente pero no era la única causa. Y, hacer las cosas bien, ya no parecía solo cosa de hacerlas a su manera. Necesitaba mirar más allá. Así que, con los consejos de su mejor amigo más presentes que nunca, eligió callar, escuchar lo que Raúl tuviera que decir y tomarse el tiempo para pensar en la mejor manera de actuar.

—Sí, sí... tú no te preocupes ahora por eso. Ya, ayer cuando me lo dijo Ernesto, estuve dándole vueltas e hice algunas llamadas. Total, no te voy a entretener con pormenores, pero podemos darte algunos días más de margen si te parece. No sé, tres o cuatro...Una semana, si me apuras. Así, aunque tengamos que trabajar más rápido, no tenemos que cambiar la fecha, ¿te va bien?

Jaime se quedó sin palabras. En el fondo creía que Raúl le iba a decir que «*nanai de la China*», que debía seguir la agenda programada. Pero no, lejos de eso, estaba dispuesto a organizar todo de nuevo, para darle a Jaime el tiempo de reponerse. No se lo podía creer. A veces, Jaime estaba tan ensimismado que perdía el contacto con la realidad, olvidándose de que las otras personas también tenían sentimientos. Ese gesto de empatía le pilló por sorpresa y le activó una euforia inusual. Se le dispararon las ganas de que Alberto se recuperara para ver su exposición, de no fallarle a Raúl, de demostrar que podía hacerlo, que podía sacar lo que veían en él.

—Me salvas la vida, Raúl —le dijo sincero—. Estos días de margen me vendrán de maravilla y prometo estar al cien por cien, de verdad.

—Seguro que sí. Nos llamamos en tres o cuatro días, ¿de acuerdo?

—Claro. Gracias de nuevo.

—No hay de qué. En estos momentos hay que apoyarse. Mucho ánimo y hablamos pronto.

Jaime colgó con la loca idea de que Alberto lo había vuelto a hacer. De alguna forma, quizá un poco macabra, le había regalado tiempo. Tiempo para demostrarse a sí mismo que era capaz. No tiempo para posponer, sino tiempo para actuar, para decidir y, como decía Marisa, tomar las riendas. Sin medias tintas. Volvió a entrar y se sentó a esperar, esta vez pensando en los cuadros que iba a exponer, en la historia que iban a explicar, en las sensaciones que quería transmitir. Recibió un mensaje.

> *Sofía:*
> *Buenos días. Sigue en la UVI? Pero está bien? Cómo*
> *lo lleva Marisa? Necesitáis algo? A mí también me*
> *gustaría volver a verte. Besos*

Hubiera seguido escribiendo, pero interpretó su mensaje como un cierre y no quiso molestarla más. Marisa salió a los pocos minutos. Sonriendo.

—¡Le han despertado Jaime! Me ha reconocido. Me ha dicho que me quiere —las lágrimas le empapaban la cara.

—¡¿De verdad?! ¡Pero eso es genial! —dijo eufórico al borde del llanto.

Se abrazaron.

—Sí, sí... me ha preguntado que si me estás cuidando bien... daba por hecho que estabas conmigo... Es el mejor.

—¡Qué cabrón! —sonrió negando con la cabeza orgulloso— ¿Y cuándo podré verle?

—Esta tarde. Me han dicho que sobre las tres lo subirán a una habitación. Necesito ir a casa para recoger algunas cosas suyas que, con las prisas, ni lo he pensado.

—Sí. Claro. Vamos.

Llegaron a su piso. Marisa fue a la habitación a preparar una bolsa de viaje con las cosas que Alberto iba a necesitar en el hospital. Jaime se quedó en el salón, esperando. Echó un vistazo al espacio y se paro delante de una vitrina, casi de su altura, repleta de figuritas. Su amigo, además de ser un gurú de las nuevas tecnologías, era un entusiasta de los juegos de rol. Y aquel era el escaparate de su pasión. No quiso contarlas, pero había muchas figuras y todas estaban pintadas por Alberto, con una paciencia infinita y pulso de cirujano. Jaime, mirando aquella torre de personajes, sintió que nunca había mostrado demasiado interés por las aficiones de su amigo. Aunque recordaba, a la perfección, la vez en que le explicó la diferencia entre juegos de rol y *wargames*, «*los juegos de rol se juegan básicamente con la imaginación y en los wargames se recrean batallas con los ejércitos de figuras*», replicó en su mente las palabras exactas de su amigo. A Jaime toda esa información le mareaba un poco pero Alberto hablaba con tanta pasión que le dejaba explayarse. Una vez por semana, algunos de los colegas del grupo quedaban para jugar y él siempre trataba de animarle para que se apuntara. «*Te va a encantar tío. Hazme caso*», le decía. Pero Jaime rechazaba la invitación, una y otra vez. Nunca quiso jugar con él, nunca compartió esa, y en realidad ninguna, afición suya. «*¿Por qué sigue siendo mi amigo?*», esa pregunta se sintió como un latigazo.

—Deberíamos avisar a la gente, ¿no? —gritó Marisa desde la habitación.

—Cierto —respondió rápido, en un acto reflejo de protección— . Voy a llamar a Juanlu. Y que él corra la voz.

—Bien pensado. Pero que no vengan todos en manada a

verle. Que esperen al menos un par de días... —aclaró Marisa algo sofocada.

—Se lo digo.

Marisa no paraba. Iba rápido, de aquí para allá. Cuando terminó la maleta, se metió en la cocina. El ruido de ollas y platos distorsionaba la conversación telefónica de Jaime. Juanlu quedó avisado. Auguró que no pasaría mucho tiempo hasta que los demás empezaran a bombardearles con mensajes y llamadas. Jaime silenció el móvil y sugirió a Marisa que hiciera lo propio si no quería enloquecer.

—Siéntate, he preparado algo. Comemos y nos vamos —ordenó ella que ya había recuperado parte de su energía dictatorial.

—Sí, señora —sonrió él encantado por volver a notar su esencia—. Y dime, ¿qué más te ha dicho Alberto?

—No mucho... Lo primero que ha dicho cuando ha empezado a despertarse ha sido: ¿es de día? Le he respondido que sí y luego ha preguntado qué había pasado. No se acuerda de nada. A momentos parecía que se quedaba traspuesto, pero escuchaba todo lo que le decía.

—Qué ganas tengo de verle.

—Él también a ti. Se le notaba.

—Joder, es que es como un padre para mí —negaba con la cabeza inspirando profundo— Y yo soy el mayor... —sonrió.

—Alberto tiene un vínculo muy especial contigo. Eres su protegido. Aunque, muchas veces, se hubiera quedado a gusto dándote una buena hostia para espabilarte ¡eh!

Jaime se quedó un momento en silencio, «*hubiera sido una hostia bien merecida*», pensó y se le dibujó una sonrisa tonta en la cara.

—Nunca os he preguntado cómo empezó lo vuestro —apoyó el codo en la mesa y la barbilla sobre su mano.

—Ya...

—Pues cuenta —insistió distendido.

—No sé si es el mejor momento —Marisa mostró una prudencia que no solía tener.

—¿Por qué? —en la tranquilidad de Jaime se cocinaba su perseverancia.

—Porque empecé a verme con Alberto cuando tú y yo estábamos... ¿juntos? Bueno juntos... ya sabes...

—Era fácil atar cabos... —sonrió plácido.

—Ya... El caso es que fue él... no sé... Recuerdas aquella fiesta... la de...¿Lorenzo?, ¿se llamaba así? El tipo ese del curro de Alberto que era tan pesado.

—¿Lorenzo? —se quedó pensativo— Ah, sí... —y con el recuerdo le vino la incomodidad pero disimuló.

—Todavía no sé cómo me convenciste para ir con tus amigos allí...

—Qué reacia eras a quedar con mi gente —recordó medio burlón—. Bueno, incluso a salir juntos a la vuelta de la esquina... De eso me acuerdo —la miró frunciendo el ceño y cerrando un poco los ojos.

—Hazte así —se rozó la cara con un dedo—, tienes un poquito de rencor justo ahí —le vaciló divertida.

—¡Qué boba! —rió.

—Es obvio que trataba de protegerme. No estoy orgullosa tampoco —sonrió levemente.

—¿No? —cuestionó con una sonrisa de lado.

—Pues no, fue una época muy turbia... Dejé de sentirme yo misma. Era como si cabalgara un caballo desbocado —le miró cómplice—. El caso es que en esa fiesta casi todos me ignoraron. Nadie me preguntó de dónde salía, ni quién me había invitado. Creo que todo el mundo dio por hecho que eres una más de tus conquistas y no hacía falta esforzarse en conocerme, dada tu fama. El único que realmente me trató como si le interesara mi presencia allí fue Alberto. Pero no me preguntó nada sobre nosotros. Venia a hablarme cada vez que me quedaba colgada. Tú estabas por todas partes menos conmigo y Alberto no permitió que me quedara sola. Hasta me acompañó a casa...

—¡Hostias! —hizo una pausa de remordimiento— Joder... me fui sin ti... —se puso la mano en la frente.

—Eso es... —dijo seria.

—Es verdad tía, te perdí de vista y pensé que te habías ido. Y me fui. Sin más —agachó la cabeza avergonzado.

—Claro —Marisa se esforzaba por aplacar el enfado—. En parte, por eso yo ya no quise alargar más el tema —desveló—. Era demasiado.

—Entiendo... Pero, no me dijiste nada. Me merecía una buena bronca.

—Sí y ¿de qué hubiera servido? Nadie puede hacer que otro vea lo que no está dispuesto a ver —explicó sabia—. Tú me conoces, soy una visceral del copón, a mi lo que me salía en ese momento era pegarte cuatro gritos. Pero, es que, sinceramente, no veía la fórmula en que tú y yo pudiéramos funcionar, por más que quisiera. Así que me rendí. Y Alberto estuvo ahí. Calmado, sin prisas. Quedábamos de vez en cuando. Lo más curioso es que nunca me preguntó de qué nos conocíamos tú y yo. Y, aunque siempre se ha olido algo, no ha sido de los que interrogan sobre relaciones anteriores. Creo que prefiere no saber.

—Hace bien... —asintió Jaime frotándose la barbilla pensativo.

—Y así empezamos. La última vez que nos vimos, aquella noche tomé la decisión...

—¿De quedarte con él?

—No, para nada. De dejarte ir y encontrar mi rumbo. Le seguí viendo... pero tardamos tiempo en darnos cuenta de que queríamos estar juntos. Ser una pareja... ya sabes. Alberto es mi rumbo, lo sé, lo siento aquí —reposó la yema de sus dedos en la parte izquierda del pecho—. Él me conoce, de todas las formas posibles, en todas y cada una de mis facetas y me acepta. ¿De cuántas personas se puede decir eso a lo largo de toda una vida? De muy pocas, muy pocas Jaime. Alberto me agarra la mano cuando me quejo por tonterías y sabe que lo que me pasa es que algo me preocupa mucho. Me despierta siempre con un «*Te quiero pequeña*» y me besa el ombligo. Y siempre puedo contar con él. Aunque nos hayamos peleado y el orgullo nos pueda, si le necesito, sé que no dudará en venir a socorrerme. Esa es la mayor tranquilidad y confianza que me puede aportar. Y yo trato de corresponderle lo mejor posible.

Jaime asentía. La profundidad de esos sentimientos le partían el corazón. Ahora entendía mucho mejor la relación de sus amigos pero, a cambio, sentía un enquistado vacío. Le faltaba algo. Pensó en, si pudiera verse andar, qué imagen tendría de sí mismo. Quizá también andara de puntillas, como aquella enfermera, y sus pasos no acababan de dejar huella en el mundo. O, al revés… ¿Y si pisaba demasiado fuerte y las personas que le rodeaban quedaban demasiado marcadas por sus acciones? No lo sabía. Quizá debiera preguntar a Sofía.

—¿Has terminado? —dijo Marisa sacándolo de golpe de su trance.

—Sí, sí… —respondió parpadeando rápido.

—¡Pues vámonos! Alberto te estará esperando… —apresuró ella.

Asomaron la cabeza por la puerta de la habitación tratando de no hacer ruido. Él estaba totalmente estirado, con la pierna en alto envuelta en yeso y mirando hacia la ventana. Marisa susurró con dulzura un *«guapo»*, él giró la cabeza con mucha dificultad y esbozó una sonrisa mezclada con una mueca de dolor. Tenía la cara llena de magulladuras y cortes. Las manos y los brazos también. Pero su mirada irradiaba felicidad. Le brillaban los ojos, se le achinaban y se le pronunciaban las arrugas de expresión. Quería hablar pero la inflamación de las heridas y el dolor lo hacían complicado. Se acercaron, cada uno a un lado de la cama. Marisa le cogió la mano y Alberto se la apretó con fuerza. Luego buscó a su amigo y le ofreció la otra. Jaime tenía un nudo en la garganta y una fuerte presión en el pecho. Le dio la mano enseguida, la tenía caliente, y no se lo esperaba. Al instante, el cuerpo se le destensó, y se hinchó de optimismo, como si ese apretón les hiciera invencibles a ambos. Como si nada peor que lo que había ocurrido fuera a suceder jamás. Y, aunque esa era una asunción arriesgada, en ese momento lo sentía muy real.

Tanto él como Marisa trataron de tener a Alberto distraído. Le hablaban, saltando de un tema a otro, para que no pensare en el accidente.

—No entiendo cómo sucedió... —balbuceó aprovechando un momento de silencio.

—Ahora es mejor que no pienses en eso, ya habrá tiempo —le dijo Marisa compasiva.

—Eso es, tienes que recuperarte lo antes posible que mi exposición está a la vuelta de la esquina —sostuvo Jaime.

—Ah, pero ¿sigue en pie? —intentó sonreír como pudo—. Pensaba que me usarías de excusa para cargártela, mamoncete... —balbuceó mirándole orgulloso.

—¡Qué cabrón! ¿Seguro que tu estás mal? Oiga, enfermera, venga aquí que este tienen mucho cuento... —gritó Jaime vacilón y Alberto le apretó la mano un poco más.

Ya era de noche cuando les dejó solos. Marisa quiso quedarse a dormir con él. De vuelta a casa, Jaime asimilaba todo lo acontecido. En dos días había pasado de ser cuidado a ser cuidador, de ser un niñato a un hombre, de no saber lo que quería a... en realidad, seguía sin saberlo pero, al menos, era ya consciente de ello. Se metió en un taxi y, con todo un poco más asentado, se acordó de que había puesto el móvil en silencio. Se lo sacó del bolsillo y lo chequeó. Tenía treinta mensajes y diez llamadas. Estaba demasiado cansado para responder a las llamadas así que repasó los mensajes. La mayoría eran de sus colegas dándoles ánimo y pidiendo algo más de información. Les respondió a todos con el mismo mensaje contando las novedades. Luego vio uno de Gloria:

> *Jaime. Marisa me ha contado todo. Cómo no me avisas?! Qué cara tienes! Mañana nos vemos en el hospital y hablamos.*

Otro de Sofía:

> *¿Cómo estáis Jaime? ¿Le han sacado de la UVI? Espero que todo haya ido bien. Cuando puedas me cuentas. Un abrazo.*

Y otro de Julia:

> *Jaime! Acaba de llegarme la noticia!! ¿Cómo está Alberto? ¿Y tú? Dime algo en cuanto puedas. Estoy muy preocupada. Un fuerte abrazo a todos.*

El mensaje de Julia le sorprendió y no, al mismo tiempo. Le contestó, instintivamente, sin perder tiempo. Sabía perfectamente que estaría pendiente del teléfono hasta recibir noticias.

> *Julia. No te preocupes. Está bien. Ha sido un accidente muy fuerte y unas horas muy angustiosas, pero se*

está recuperando. Si quieres nos llamamos mañana y te cuento. Estoy agotado ahora mismo. Un beso y mil gracias por escribirme.

Al momento, Julia respondió:

Me alegro de que esté bien. Uff, qué susto!!! Sí, mañana hablamos tranquilamente si tienes un hueco. Descansa. Un beso.

Jaime se sintió bien y mal. Bien porque volvía a saber de Julia. Mal por las circunstancias que la habían llevado a escribirle. Pero ella hacía que, hasta aquello, se sintiera natural. No quiso darle muchas vueltas y enseguida respondió a Sofía.

Hola Sofía! Perdona por no decir nada antes. Alberto ya está despierto, hemos pasado la tarde con él. Tiene dolores pero aguanta bien. Es un campeón ¿Cómo estás tú?

Llegó a casa y se la encontró tal y como la había dejado el día anterior, con cuadros por medio y decisiones postergadas. Estaba rendido. Decidió meterse en la cama, madrugar y dedicar la mañana a ordenar sus ideas de cara a la exposición para, luego, poder ir al hospital. Le costaba reconocerse, estaba organizándose, por primera vez en mucho tiempo, y lo más sorprendente era que no tenía que pensarlo demasiado. La perseverancia de Alberto parecía empezar a dar sus frutos y estaba convencido de que, en cuanto él se enterara de sus progresos, lo primero que le diría sería: «¿*He tenido que estar al borde de la muerte para que te centres? ¡Esta amistad me va a costar la vida al final nene!*» y reiría, de esa manera en que solo él sabía reírse, haciendo que nada de lo que pudiera decir sentara mal.

Normalmente, por la noche, siempre apagaba el teléfono. Pero aquella puso el volumen al máximo por si Marisa llamaba. Se tumbó en la cama con un gesto de placer, sintiendo que se lo había ganado. De repente le sobresaltó un ruido. Se había quedado dormido lo que sentía que habían sido horas. Pero apenas había pasado media hora. La luz de la pantalla del móvil estaba encendida, se lo acercó y vio un mensaje de Sofía.

Jaime! Me alegro tanto de que Alberto esté bien. Ahora descansad y ayudarle mucho. Cuando te apetezca, me dices y tomamos un café. Bona nit.

Se volvió a quedar dormido con el móvil en la mano.

Capítulo 6
Comprobación de los sistemas

Los tiempos de espera en el hospital le habían servido a Jaime para repasar todos los cuadros importantes que había pintado en los últimos años. Cada uno, de la extensa colección que había acumulado, tenía su trascendencia pero, sin duda, había algunos que destacaban. Sobre todo aquellos que eran más personales. Recordó haber pintado a Alberto sosteniendo su teléfono, completamente desnudo. Rió. Ese cuadro nunca lo había visto nadie. Igual que la mayoría de retratos que había hecho de las personas más importantes de su vida. Los fue rescatando uno a uno, mirándolos con cariño, recordando cada uno de los momentos en que fueron pintados y todas las sensaciones, que experimentó entonces, volvieron a él. Los miró y los volvió a mirar más de veinte veces.

Agarró el teléfono y llamó a Sofía.

—¡Jaime! —su voz sonó alegre.

—Hola, ¿qué tal? —y sin dejarle tiempo a responder siguió— ¿Es demasiado pronto? —sonrió expirando aire por la nariz.

—No, llevo un rato despierta. ¿Cómo vas?

—Bien. Estoy en casa. Antes he hablado con Marisa, me ha dicho que Alberto ha pasado buena noche. Que se queja por el dolor pero con la medicación se lo consiguen calmar.

—Pobre...

—Iré luego a verle y me preguntaba si te apetecería desayunar conmigo —pronunció sin dejar espacio entre palabras.

—¿Ahora?

—Emmm... —se le aceleró la respiración—. ¿Sí?

—Ostras, me pillas en mitad de algo.

—Ah —inhaló discretamente y tragó saliva—, bien, bien, no pasa nada, otro día si eso.

—Jo —soltó ella contrariada—, la verdad es que me apetece —pausó pensativa—. Y necesito un café... —volvió a callarse unos segundos— ¿Nos vemos en una hora en El Cohete Azul?

—Perfecto. Allí estaré.

Al colgar notó que le temblaban las manos. Algo en Sofía le hacía sentirse valiente y vulnerable, al mismo tiempo. Sacudió los brazos para despegarse un poco de esa sensación. Entonces, recordó que había quedado en llamar a Julia y se alteró de nuevo. Miró la pantalla del teléfono pensativo. Iba a ser la primera vez que hablaran en año y medio. Después de haber maquinado tantas excusas para ponerse en contacto con ella, y que ninguna le convenciera lo suficiente, ahora le llegaba una oportunidad que no podía desperdiciar. Inspiró profundo y buscó su último mensaje para recuperar el número de teléfono. Cuando releyó el texto que ella le había mandado, tuvo la tentación de dejarse llevar por la costumbre y mandarle un mensaje preguntándole si estaba disponible para hablar. Era algo que solía hacer cuando Julia y él se enfrentaban a una llamada importante. A ella nunca le gustó que hiciera eso, *«si necesitas hablar, llámame, te lo he dicho muchas veces, no esperes a que te de permiso —le decía—, cuando tienes algo bueno que contarme, siempre me llamas directamente»*. Pero, Jaime reincidía y Julia se desesperaba, no porque le pareciera algo muy importante, sino porque sentía que sus palabras, su esfuerzo por explicarse, caían en saco roto. Ese recuerdo le obligó a detenerse y reflexionar. El enorme daño que le había hecho a Julia había empezado por los pequeños detalles. Y por no querer saber las razones por las que actuaba de aquella manera. *«Si le hubiera dicho que era cobardía y no arrogancia»*, pensó y se le erizó la piel.

—Jaime.

—Julia, hola —forzó la naturalidad.

—¿Qué tal, Jaime? —acarició las palabras con dulzura y preocupación.

—Bien, bien —respondió fingiendo estar tranquilo.

Le explicó lo que había ocurrido con detalle. Desde la llamada de Marisa hasta el último minuto que pasó, la tarde anterior, en la habitación del hospital. Obvió a Sofía y la sorprendente confesión nocturna de la novia de su amigo.

—Uff… Qué susto, ¿no? Pobre Alberto… —hizo una pausa—. ¿Y tú cómo estás?

—¿Yo? —se le cortó la respiración—, bien, bien…

—¿Seguro? —insistió ella.

—Hombre, ha sido un susto tremendo pero... —inspiró profundo—, ahora mejor.

—Claro.

La conversación perdía fuelle y Jaime empezó a sentir una presión inquietante en la garganta. Quería aprovechar para decirle tantas cosas, pero su habitual torpeza ante la presión, le impedía encontrar las palabras. «*¿Qué hago? ¿Me despido y ya? Quizá no es el momento ahora de decirle nada... ¿Y si la cago? ¿Y si cree que estoy aprovechándome de la situación? ¿Y si me odia?*», pensó.

—Bueno, Jaime —dijo ella dirigiendo la conversación hacia una despedida.

—Oye, Julia... —la interrumpió con premura.

—Dime —respondió suave, casi en un susurro.

—Que lo siento mucho, Julia... —precipitó—, lo siento de verdad —y tragó saliva pero no las palabras, como había hecho siempre.

—No hablemos de eso ahora. Estás muy sensible... —dijo ella compasiva.

—Pero es que es verdad, Julia. Debo decirte tantas cosas y no sé ni por donde empezar —se lamentó.

—Ahora no, Jaime —impuso ella—. Ha pasado ya demasiado tiempo. De verdad... no —repitió dando un paso atrás en la cordialidad que había mantenido hasta el momento.

—Lo sé —continuó él esquivando la frialdad con la que ella trataba de frenarle— y no espero que me perdones ni nada.

Pero lo siento tantísimo. Fuiste tan paciente conmigo y yo tan capullo ¡Qué capullo fui! Solo mandándome el mensaje de ayer, ya demuestras que eres mil veces mejor persona que yo.

Al soltarlo todo, Jaime se sintió bien. Le enorgulleció que las palabras hubieran fluido con la decisión que siempre deseó tener ante una situación de crisis emocional. En cualquier otro ámbito, se desenvolvía con cierta facilidad, era hasta elocuente, sobre todo ante las mujeres que quería seducir. Pero Julia le imponía de tal manera que, dijera lo que dijera, se veía siempre perdedor, incluso en los escenarios que solo estaban en su cabeza.

—Jaime, tengo que dejarte... —dijo incómoda y decepcionada.

—Vale...

—Dale muchos besos a Alberto y a Marisa de mi parte por favor.

—Claro que sí. Pero, Julia, una cosa —dijo con intención de retenerla un poco más.

—Dime —expiró ella.

—¿Habías pensado en ir a verle? —frunció la nariz y arrugó la frente como el que espera el golpe tras un acto temerario.

—¿A Alberto? —se extrañó ella.

—Sí.

—No sé si es buena idea, la verdad —respondió más por cortesía que por ganas—. Hace mucho tiempo que no hablamos. La relación que tenía con ellos era por ti, cuando tú y yo nos separamos, perdimos el contacto...

—Lo siento —dijo con la tristeza atrapada en su garganta.

—Es normal —le quitó trascendencia—. Pero me preocupo por ellos, les aprecio un montón. Además, no creo que ahora Alberto esté para muchas visitas... —se calló y Jaime hizo un sonido de aprobación—. ¿Por qué me lo preguntas?

—Quiero verte —tal y como salieron las palabras de su boca fue consciente de lo que había dicho y se le paró el corazón.

—Uff, Jaime, no creo... —respondió enseguida, sin duda, sin pensárselo, como si ya lo tuviera ensayado.

—Lo sé, lo sé... —la interrumpió enseguida—. Pero es la verdad. Quiero verte —una vez dicho, ya no había vuelta atrás—. Lo de Alberto ha sido tan fuerte. Me siento tan mal... No quiero que pase un día más sin que hablemos. Demasiado he esperado ya. He hecho el imbécil apartándome de ti y eso me persigue... —intentó ocultarle que las lágrimas empezaban a asomarse.

—Jaime, no me hagas esto... Yo no puedo hacerte sentir mejor... No puedo consolarte. No sabría cómo.

—Sí que sabes —se le quebró la voz—. Eres la única que sabe. Perdóname por ser tan egoísta pero me siento muy mal...

—Cálmate, va... Respira —pausó—. Ya verás como todo se soluciona. Son muchas emociones de golpe... Es normal que lo de Alberto te haya removido.

—¡De eso se trata! —espetó enérgico—. Lo de Alberto me ha abierto los ojos... Y ese es el problema. Que ahora lo veo todo y me da vergüenza ser quien he sido... comportarme como me he comportado contigo es indecente —dijo rotundo.

—No sé qué decirte. Tengo la sensación de haber escuchado ya estas palabras muchas veces, Jaime. Y lo sabes.

—Sé que me he ganado a pulso que no vuelvas a creerme en tu vida —dijo enfadado consigo mismo—. Y no te culpo si crees que todo esto que te digo lo tenía planeado, pero estoy tratando de ser lo más honesto posible.

—No sé, Jaime —dijo ella dubitativa— las cosas han cambiado.

—Sí, todo ha cambiado. Por eso creo que es importante que hablemos en persona. Al menos piénsalo.

—No prometo nada.

Al colgar Jaime notó la frialdad de Julia congelándole las entrañas. Sabía que era algo normal, pero le dolía como nunca. Y le inquietaba haberse expuesto demasiado. Se miró al espejo, tenía los ojos hinchados, la cara enrojecida y el pelo revuelto. Se echó agua helada para descongestionar su expresión. «*Demasiado*», pensó.

Al llegar a El Cohete Azul, vio a Sofía sentada en la misma mesa en la que él la estuvo esperando. El barbudo le saludó desde la barra con un golpe de cabeza y la señaló con la mirada. Jaime le sonrió.

—¡Hola!

—¡Jaime! —exclamó ella sonriente, levantándose de la silla para darle un abrazo.

Él sintió que quería quedarse a vivir en ese lugar acogedor, cálido y sereno. Inspiró cada segundo de bienestar hasta que ella se separó y volvió la pesadumbre.

—¿Qué me recomiendas? —le preguntó distendido.

—Las tartas están muy buenas...

Pidieron café y un trozo de tarta cada uno. Empezaron a hablar. Él la miraba y ya no veía a una desconocida. Ella le miraba y le alteraba. Ya venía con la adrenalina por las nubes tras su sesión de confesiones telefónicas con Julia y la presencia de Sofía, tan tranquila, tan agradable, tan ajena, le mareaba. Hablaron de Alberto, un par de frases y enseguida Jaime cambió de tema.

—Así que trabajabas aquí... —dijo mirando a su alrededor curioso.

—Sí. Estuve una temporada, para pagarme el alquiler y eso. Ahora, ya puedo pagármelo de otra forma... Aunque sigo viniendo, de vez en cuando, si necesitan ayuda —sonrió.

—¿A qué te dedicas? —curioseó.

—Soy astronauta, ya lo sabes... —rió bromista— No, en realidad soy escritora.

—Escritora... —pronunció Jaime como si hubiera logrado encajar varias piezas del puzzle.

—Sí señor... Hace poco firmé con una pequeña editorial... Me ha costado muchísimo pero mira, ahora estoy muy contenta.

—¡No es para menos! Esto hay que celebrarlo —Jaime alzó su taza invitándola a un brindis—. Por las oportunidades que parece que nunca llegarán pero al final... ¡llegan!

—¡Eso es! —Sofía esbozó una sonrisa radiante.

Hablaron mucho sobre su profesión. Jaime necesitaba alejar, lo máximo posible, el momento en que se pusieran a hablar de él. Se veía incapaz de componer una presentación sobre sí mismo en la que resultara una persona decente. Por eso se centró en conocer cada detalle de su proceso creativo. Ella le explicó que las historias le surgían prácticamente solas, que lo importante, y más complicado, era tener claro aquello que quería contar. Normalmente siempre se basaba en vivencias propias o de personas de su entorno. Y se le iluminaba la cara al explicar que, cuando llegaba a un punto de la historia, eran los mismos personajes los que la guiaban a través de ella. «*Es raro dicho así, pero es como si ya no tuviera el control y son ellos los que terminan de construir la historia*», sonrió entusiasmada. Jaime se dio cuenta de lo transparente que era aquella chica, se podía leer en su rostro cada matiz de cada sensación que estaba experimentando. Y, contagiado por su pasión, no pudo retener lo que le pasaba por la mente.

—Me gustaría hacerte un retrato —le dijo mirándola fijamente a los ojos con esa expresión, inconsciente, que le hacía tan atractivo.

—¿A mí? —se sorprendió.

—Claro —rió— ¡Vente a mi casa!

—¿Me lo estás diciendo en serio?

—Totalmente. De verdad. Vente a mi casa. Deja que te retrate. Estoy preparando una exposición y creo que encajas muy bien en ella.

—¿Me quieres pintar para exponerme? —su cara rubricó pudor—. Me da un poco de corte, la verdad.

Jaime sacó su paquete de tabaco del bolsillo. Lo abrió y se lo acercó.

—¿Y si fueras otra persona? —sonrió guiñándole el ojo.

—¡Qué tonto! —rió con escandalosa— Venga, te lo has ganado... —dijo levantándose con picardía.

Se marcharon entre risas cómplices. Llegaron al apartamento. Él se disculpó por lo desastroso que estaba. Ella le quitó importancia. Él entró recogiendo ropa a su paso. Ella le siguió.

—¿Qué tipo de retrato vas a hacerme? —preguntó mostrando cierto nerviosismo.

—Primero tomaré algunas fotos de ti y sobre eso, luego, haré el cuadro. Así será una sorpresa —explicó con la confianza del experto.

—¿No voy a ver el resultado? No me puedo creer que me hayas convencido... —dijo risueña.

—Ahora no te vayas a echar atrás, eh —advirtió sonriente.

Ella negó con la cabeza y, plantada en mitad del salón mirando a su alrededor, se le escapó una risa nerviosa.

—¿Qué tengo que hacer?

—Sigue contándome cosas... ¿De qué va tu última novela?

Sofía miró el sillón verde.

—¿Puedo?

—Claro.

—Me encanta este sillón —acarició la tela—. No pega nada con la decoración pero tiene mucha personalidad —se agarró al reposabrazos con fuerza, como si fuera a despegar.

Jaime sonrió, cogió su cámara de fotos y empezó a disparar.

—Odio que me hagan fotos, ¿sabes? —dijo ella mirando directa al objetivo.

—¿Igual que no te gusta fumar? —vaciló él.

Ella rió encantada con la ocurrencia.

—Imagina que no llevo la cámara, solo cuéntame... háblame de lo que escribes.

Ella comenzó a explicarle, al principio algo incómoda pero, según se metía más en su discurso, fue relajándose. Jaime le hacía preguntas. Trataba de leer sus expresiones y la llevaba ahí donde quería tenerla, en ese punto en que se dejara ver lo genuino. Ambos estaban exultantes, nutriéndose, cada uno a su manera, de esa confluencia de creatividades.

—Esto de escribir es una cosa extraña. A mí me lo parece —confesó—. En mi caso empieza en introspección y termina en una exposición total de mi intimidad emocional. No creo que sea capaz de describir sentimientos que no haya experimentado nunca, creo que me resultaría imposible —miró hacia la lamparita que Jaime acababa de encender y su rostro se empapó de calidez anaranjada—. Hay que rebuscar mucho en uno mismo y luego todo eso lo transformas para crear a alguien que no eres tú, pero eres tú. Porque todos tus personajes, por distintos a ti que sean, llevan, siempre, algo de ti —hizo una pausa, se acarició la nariz con el dedo índice y se mordió el labio inferior—. Y luego eso lo lee la gente —sonrió vergonzosa.

—Ahora tengo más ganas de leer algo tuyo.

—¿No será por lo bien que me explico? —rió insegura—. Me cuesta hablar sobre escribir, es algo tan personal, que todo lo que diga sobre eso se quedará corto. Llevo muchos años tratando de encontrar las palabras acertadas para describir cualquier cosa y, en este caso —hizo un movimiento con sus manos para remarcar que se refería a la situación entre ellos—, aún no las he encontrado —arrugó la nariz divertida.

—Te explicas muy bien —apuntó Jaime fijando su mirada en la de ella, algo desafiante, algo seductor.

—Gracias —sonrió ella sosteniendo su mirada y devolviéndole la misma expresión.

Jaime se sentó en el reposabrazos del sofá. Sofía trató de hacerle hueco y le pidió que le dejara ver las fotos. Él se negó. Ella insistió jugueteando a quitarle la cámara de las manos. Hubo un falso forcejeo y Jaime se dejó caer a su lado, comprimiéndola.

—Qué bien hueles... —susurró.

—¿Sí?

—Eso parece pero... tendré que acercarme más para asegurarme —aproximó su nariz hasta rozarle el cuello, inspiró y se apartó—. Lo que yo decía... —afirmó suavemente con la cabeza.

—A ver tú... —Sofía hizo el mismo gesto que él pero no se apartó, susurró rozando sus labios con su cuello—. Hueles genial...

Subió lentamente su labios hasta su mejilla y de su mejilla al lóbulo de su oreja y de ahí volvió a esconderse en su cuello. Jaime se abandonó al sutil erotismo que generaban sus gestos y buscó acercar su boca a la de ella, deseándola con fuerza. Ella se movía con elegancia, con comodidad, con maneras de pantera. Sus labios se encontraron. Ella quiso que así fuera, Jaime lo supo. Y la besó con todas sus ganas. Quería comérsela entera, no dejar ni rastro. Disfrutarla al máximo. Le agarró la cara mientras se abalanzaba sobre ella para sentir todo su cuerpo rozándole. Rodeó su cintura con el brazo y la apretó, contundentemente, contra sí. Ella le acariciaba la cara, lo agarraba por los hombros con fuerza, empuñaba el cuello de su camisa mirándole con deseo y atrayéndole hacia su cuerpo con violencia. Jaime se levantó y la cogió de la mano para guiarla hasta la habitación. Ella le besaba con garra y maestría. Le volvían loco esos besos, esa forma de rozarle con su lengua y humedecer sus labios. Y el sexo surgió como algo inevitable.

El placer compartido les agotó pero solo durante unos minutos. Los besos cargaron de energía las baterías para seguir un par de asaltos más. Unas horas después estaban exhaustos.

—¿Qué hora debe ser? —preguntó ella.

—La hora de comer. ¿Pedimos algo y comemos juntos?

—Mejor salgamos, sino no habrá quien nos saque de la cama... —le besó provocadora— Y tienes que ir a ver a Alberto, ¿no? —recordó.

—Eso es cierto... No saldría de la cama en días... Pero si, debo ir.

—¿Nos duchamos? —sugirió ella abrazada a su torso.

—Ven, ¡sube!

Y la llevó hasta el baño enganchada su espalda como un jinete. Se ducharon juntos. Ella enjabonaba su pecho, y él su pelo, como si fuera lo habitual, como si lo hubiera hecho durante años. La sensualidad en sus gestos no pudo más que llevarles de nuevo a las rutas del placer salvaje.

Cuando lograron salir de casa era tarde. Jaime propuso ir a un sitio de pizzas en porciones y empanadas argentinas. Ella, hambrienta, aceptó el plan. Pasaron un agradable rato charlando, sonriendo con los contenedores del placer cargados al máximo. Se contaron cosas de sus vidas, aunque Sofía hablaba poco de sí misma, no daba mucha información, se limitaba a interrogar a Jaime de una manera distendida y divertida.

—Entonces... ¿no te gustan las aceitunas? ¡Pero qué es esto! Con lo ricas que están... ¿Tú las has probado? ¡Camarero! —reía.

—Calla, calla... ¡qué horror! No me gustan para nada. Uff, si es que... es notar un trozo y me dan unas arcadas —la cara de asco de Jaime daba total credibilidad a sus palabras.

—Cuán exagerado es usted caballero —se burló ella.

—De vedad, como de todo —sonrió sugerente—, pero aceitunas no... y ¿las verdes? ¡Esas son las peores! Recuerdo una vez, con mi ex, que me comí una por accidente... Ay por favor, qué mal rato pasé, de verdad. Ella nunca se creyó que no me gustaran, era de las tuyas... —sonrió.

Sofía rió con cierta exageración.

—No sabría cómo tomarme eso... —levantó las cejas y torció la boca.

—¿El qué? —preguntó Jaime despistado.

—Que tu ex sea de las mías —hizo un gesto de entrecomillado con los dedos.

—Bueno, es una forma de hablar, ya sabes —se le atragantó el error y trató de quitarle importancia.

—¿Cuánto hace que lo dejasteis?

—Hará un par de años o así.

—¿Llevas soltero dos años? —se extrañó.

—Bueno, sí... He tenido mis historias, claro. Pero, en fin, sí, soltero —se rascó la nuca dudando de si estaría acertando en las respuestas.

—Te marcó mucho esa chica por lo que veo... —afirmó Sofía analítica.

—La quise mucho, pero bueno, fue una relación bastante complicada también. Hoy mismo he hablado con ella después de tanto tiempo...

Jaime era consciente de que no estaba atinando pero la mirada de aquella chica le aturdía tanto que era incapaz de encontrar el rodeo perfecto para evitar su escrutinio. Se sentía totalmente vendido.

—Sí, ¿eh? Vaya... —respondió pensativa.

—Sí, ha sido un poco raro... pero bien eh, nada dramático, todo muy correcto —en ese momento Jaime quiso levantarse, acercarse a la pared y dar un buen cabezazo contra ella.

Sofía seguía contrariada. Ya no sonreía igual. Se la veía algo forzada. Quería aparentar normalidad y no le salía.

—Bueno... ¿nos vamos? —dijo ordenando lo que había encima de la mesa y con la mirada puesta en su tarea improvisada.

—¿Ya? —se sorprendió Jaime.

—Sí, sí... yo es que tengo cosas que hacer —aclaró apresurada.

—Vale, sí, claro, mejor... iré al hospital —se conformó él.

—Sí, mejor —susurró ella mirando hacia la puerta.

Se despidieron a la salida del local. Él sonrió, ella trató de hacer lo mismo. Se acercó a besarla. Ella le correspondió con un beso casi imperceptible y se alejó.

Cuando Jaime iba camino del hospital, respiró aire podrido de inseguridad, y no pudo evitar escribirle un mensaje.

Me lo he pasado muy bien. Gracias por dejar que te retrate. He estado muy a gusto contigo Sofía. Pero, yo te he contado mi movida con las aceitunas y tú no me has confesado ninguna peculiaridad tuya. Es injusto :)

Ella respondió al rato.

Jajaja Peculiaridad? Siempre he pensado que un día iré por la calle escuchando música, moviendo los labios y alguien los leerá, me parará y me dirá: Ese es el tema tal del grupo cual. Te parece peculiar eso? ;)

Jaime rió. No esperaba esa respuesta y tampoco le sorprendía viniendo de ella. Es más, creía que esa peculiaridad encajaba perfectamente con la imagen que se había hecho de Sofía, de aquella astronauta autónoma guapa, disparatada y generosa. Sintió unas enormes ganas de ir a casa a retratarla y llegó a la habitación de Alberto luciendo una gran sonrisa.

Su amigo evolucionaba bien. Ya había empezado a comer pero las heridas de la cara le dolían demasiado aún. Marisa estaba agotada y Jaime se ofreció para quedarse por la noche.

—No hace falta. Ha llegado su madre de Cuenca hace unas horas. Está en casa, volverá más tarde para pasar la noche... —le explicó.

Se sentó junto a ella. Le acarició la espalda, la sentía tensa. Alberto dormía.

—¿Quieres que vayamos a la cafetería a tomar algo y te despejas un poco? —ofreció.

—Sí, pero poco rato. No quiero que se despierte y se encuentre solo.

—Claro, mujer.

Se pidieron un café. Descafeinado para Marisa.

—Por cierto, ha estado Gloria aquí esta mañana. No ha parado de hablar de ti y de lo enfadada que está contigo. Se ha puesto muy pesada.

—Ya... me mandó un mensaje ayer. Yo qué sé chica, ni pensé en ella, la verdad... —dijo Jaime con hartazgo en su expresión.

—Si ya se lo he dicho yo... que no puede seguir con esta historia... que ya vale.

Jaime sintió que Marisa se estaba poniendo de su lado. Aquello era nuevo y le vino una sonrisa inconsciente.

—¿Te ríes? —acusó ella.

—¿Cuánto hace que tú y yo no estamos de acuerdo en algo? ¿Años? —expuso satisfecho.

—Es cierto, mucho tiempo... —razonó ella contagiada por su risa.

Jaime hizo una pausa y, de golpe, la seriedad volvió a su semblante.

—Hoy he hablado con Julia —se arrancó el esparadrapo.

Nunca había hablado de Julia con Marisa, pero ella estaba al tanto de la historia por Alberto. Y, aunque Jaime era muy reservado con eso, su amigo había logrado, con mucho esfuerzo, sonsacarle toda la información a base de utilizar la técnica del sacacorchos, como la había bautizado.

—¿Sí? —Marisa se sorprendió— ¿Y eso? ¿Cómo está? ¿Qué es de su vida? Hace muchísimo que no...

—Se enteró de lo de Alberto y me escribió. Hemos hablado hoy. Le he explicado todo... Me ha dicho que os de muchos besos de su parte.

—¡Qué maja es! Siempre me cayó bien esa chica a pesar de todo —le dedicó una mirada de complicidad.

—Ya... —Jaime bajó la cabeza.

—¿Y cómo te has sentido?

—No lo sé —dudó uno segundos de si quería seguir hablando del tema—. Siempre es igual, cuando hablo con ella es como si...

—¿El tiempo no hubiera pasado? —terminó Marisa.

—Sí —alzó las cejas aceptando la derrota.

—¿Pero sigues sintiendo algo? —ella clavaba las preguntas sin contemplaciones.

—Siempre sentiré algo por ella, claro.

—¿Y? ¿Qué vas a hacer?

Jaime no dijo nada. Bastante tenía con asimilar esa nueva realidad en la que podía ser totalmente honesto con Marisa y no sentirse juzgado. Ella le miraba, esperando la información, aferrada a ese momento de distracción que tanto necesitaba.

—¿Qué voy a hacer? —se soltó del borde de la piscina sin pensar— ¡Qué puedo hacer! No quiere ni verme —expiró indignado.

—Ya, tío, mira que la mareaste a esa chica, eh —le reprochó— ¿Ahora quieres que tu epifanía sea la de todos? Eso no pude ser —aleccionó ella— ¿Te ha dicho si está con alguien? —preguntó como si fuera una obviedad.

Jaime apoyó la cabeza sobre su mano y cerró los ojos por un momento. Ni siquiera había pensado en esa posibilidad.

—¡Ensimismamiento máximo, señores! —gritó alzando los brazos indignado.

Marisa asentía y se reía.

—No es una idea descabellada que pueda estar con alguien y no quiera remover viejas heridas, ¿no? — aclaró con una sensatez que Jaime envidió con todas sus fuerzas.

—Está claro... ¿¡Por qué no habré pensado en eso!? —se reprochó.

—Tú sabrás... Quizá eso sería un chute de realidad demasiado potente para ti —reflexionó ella con sabiduría—, no sé... ¿Tú quieres estar con ella?

Jaime pensó un buen rato perdiéndose en la mirada de Marisa. Ella le devolvió el gesto y sin hablar, lanzó una cuerda al fondo de su impenetrable privacidad para ayudar a las palabras a trepar y subir hacia la superficie.

—No sé si quiero estar con ella. Pero pensar que puede estar con alguien, me duele, me duele demasiado —escupió.

—Nunca echaste el cierre a esa relación —sentenció ella.

No dijeron nada más. Jaime replegó las velas de nuevo y Marisa no quiso remover más el terreno. Estaba convencida de que aquel había sido un paso muy importante para su amigo y, ahora que había visto su propio egoísmo salir de su boca cual bala envenenada, el tiempo solo podía jugar en su favor. Volvieron a la habitación y pasaron un buen rato con Alberto. Él no hablaba mucho, sonreía a las tonterías que inventaban los otros y les agradecía con la mirada su presencia. Cuando llegó su madre ambos se marcharon, cada uno a su casa y sin comentar nada más del tema.

Capítulo 7

Ignición

Jaime preparó bien el material para tener todo a mano y que nada apartara su atención del retrato de Sofía. Quería captar toda su luz y toda su melancolía. Deseaba regalarle sus mejores trazos en agradecimiento por su bondad. Pero, cuando empezó a esbozar la silueta de la astronauta autónoma, por alguna razón que desconocía, su pensamiento se fue con Julia y a la conversación que había tenido con Marisa.

En las últimas horas Marisa se había convertido no solo en su confesora, también en su fuente de conciencia. Ahora se daba cuenta de que nunca fue la arpía que él pensó. Repasó los momentos vividos junto a ella y, con las aclaraciones que le había hecho, todo encajaba mejor. Su forma de huir de cualquier situación que la comprometiera emocionalmente, su aparente frialdad y despreocupación. Al fin y al cabo no eran tan diferentes y ahora se daba cuenta. *«Una cosa es la coraza y otra la esencia»* susurró mientras delineaba los ojos de Sofía. Y Jaime, durante años, ni se molestó en conocer la esencia de Marisa. Era ahora cuando veía lo que nunca había visto y, quizá, lo que Alberto sí que vio desde el principio. *«Qué listo fuiste, amigo»*, dijo en voz alta sin dejar de atender al lienzo.

En cambio, sí que había visto la esencia de Julia. Ella, tan natural en sus actos, se expresaba tal y como era. Abrazaba la vida con fuerza, la manoseaba, la apretaba, la moldeaba en sus manos como el Blandiblú, fascinada por su viscosidad. Julia poseía la curiosidad infinita de una niña que todo lo hace por primera vez y, aún a sabiendas que la equivocación era una variable intrínseca de cualquier decisión, ella intentaba, con una perseverancia sin límites, contagiar a Jaime de la alegría de vivir intensamente. Y lo mejor de Julia, pensaba ahora Jaime, eran todas sus imperfecciones. Sus montañas rusas emocionales, sus te quiero pero te odio, sus discusiones por tonterías. Eso la hacía más auténtica todavía. Porque así era ella, no se regía por patrones, ni se inmutaba ante los estereotipos de la vida programada, solo trataba de dejarse llevar e ir allí donde estuviera lo bueno. Y Jaime, que siempre se había fiado de su criterio, nunca se dio cuenta de que si Julia buscaba aquello que le hiciera bien y le había elegido a él, había muchas papeletas de que él fuera quien la hiciera feliz. Pero, al final, logró todo lo contrario.

Le resultaba algo perverso estar pintando a Sofía mientras pensaba en Julia. Ahora que se había cruzado, por fin, con alguien que le interesaba, que le despertaba de un largo periodo de inapetencia, el recuerdo de Julia cobraba fuerza.

Cerró los ojos, por un momento, y se centró en la mañana con Sofía. Había pegado las fotos por la pared, justo delante de sus ojos. Era tan cercana y, al mismo, tiempo tan inalcanzable. Como un deseo que pides cuando apagas las velas de la tarta de cumpleaños. Ese que ni lo piensas, simplemente apagas las velas y ya está. Pero, aunque no lo hayas visualizado mentalmente de manera explicita, sabes que el deseo está en ti y la ilusión de que se cumpla prevalece, pero, si no se cumple, no pasa nada porque, en realidad, nunca lo pediste. Sofía le transmitía esa sensación de deseo que nunca te atreves a pedir por si no se cumple.

Las horas que tardó en terminar el cuadro pensó en cada uno de los cubos de rompecabezas que tenía ante él. Cubos que por sí solos tenían un sentido único pero, si los miraba con un poco de distancia, parecían formar parte de un concepto mucho mayor. Apuntó todos esos pensamientos en una libreta y salió a la calle a despejarse. Era de noche. Llamó a Sofía.

—Sofía, ey... ¡Ya he terminado tu retrato!

—¿Jaime? No te oigo nada... espera un momento— hubo unos segundo de ruido y luego nada —Estoy en un bar con unos amigos, perdona... ¿Qué me decías?

—¡Que he terminado tu retrato! —rió.

—¿Sí? —la chica soltó una risa nerviosa—. ¿Y qué tal? ¿Ha quedado bien? ¿Me dejarás verlo?

—Ha quedado genial. Pero tendrás que esperar para verlo.

—¡Miedo me das! —espetó ella simpática—. Oye, estamos

por Gràcia, ¿te apetece pasarte a tomar unas cervezas y lo celebramos?

—¿Sí? No sé yo si… —se rascó la nuca.

—Sí, venga —interrumpió— estoy con un par de colegas… Unas cañas y unas tapas ¡lo pasarás bien!

—Naaa, pero no quiero molestar.

—¡Qué va! ¿No te dará vergüenza? —vaciló despreocupada.

—No, claro que no —mintió— Venga, va.

—¡Genial! —exclamó eufórica.

Tardó poco en llegar. Miró a través del cristal de la puerta vio que estaba hasta arriba de gente, mucha de pie. Entró y notó una bocanada de calor humano y olor a fritanga. A Jaime le encantaban esos sitios, le recordaba un poco a la bodega de Blas. Hizo un escaneo rápido del lugar y les localizó sentados en una mesa. Sofía le saludó con la mano y él se acercó.

—Chicos, este es Jaime. Ellos son Rober y Rafa.

—¡Las dobles erres! —saltó Rober ofreciéndole un contundente apretón de manos.

—Rober es mi compañero de piso… —aclaró Sofía.

—Y él es mi novio, claro —dijo con salero—. Es que si no lo digo me mata —susurró bromista.

Rafa le dio un codazo y los tres rieron, Jaime se mantuvo reservado. Rober era un tipo alto, corpulento, de tez bronceada y pelo oscuro. Un adonis con las cejas perfectas y los brazos depilados. Rafa era algo más bajo, pelirrojo, barbudo, delgado y, a primera vista, más reservado que su pareja. Llevaba un gorro gris y gafas de pasta negras. Ambos lucían una sonrisa blanca destellante.

—¿Qué bebes? —preguntó Rafa.

—Aquí estamos de cervezas... —evidenció Sofía señalando los varios botellines que copaban la pequeña mesa.

—Me uno entonces.

Jaime se sentía algo cohibido, no acababa de entrar en el juego de bromas de aquel trío. Pero Sofía estaba exultante, reía a carcajadas, con sus carnosos labios y las mejillas sonrosadas por el intenso calor que hacía en aquel sitio. Rafa y Rober competían por llevarse el premio del *showman* de la noche y Jaime bebía rápido observando la escena. Con la segunda ronda la tensión fue disminuyendo.

—Jaime me ha hecho un retrato —explicó Sofía.

—¡Anda que no! ¡Un artista! Cómo te gustan a ti los faranduleros eh, cariño... —soltó Rober.

—Calla, calla —se ruborizó ella entre risas.

—¿Y cuándo podremos verlo? —preguntó Rafa mirando a Jaime.

—Pronto. Expongo en unos días.

—¿En serio vas a exponerlo? —alertó Sofía.

—¡Claro que sí y a venderlo si es posible! ¡Es de lo mejor que he hecho últimamente! Además, así me aseguro de que seas mi acompañante en la expo —le guiñó el ojo atrevido.

—Míralo, qué listo él —Rober le dio un codazo a Sofía y ella sonrió abrumada.

Siguieron llegando cervezas y el ambiente se disparataba por momento. Todos reían, a veces sin motivo. Jaime empezó a sentirse uno más. Bromeaba con la pareja y hasta se contagió de su comportamiento teatral. Empezaron recordar temas de los ochenta como un juego de memoria que sacó el lado más competitivo de los cuatro. Y la pareja terminó cantando "Mil campanas suenan en mi corazón" con tanta gracia que arrancaron el aplauso de los que les rodeaban. *«Aquí hay ensayo»*, pensó Jaime y se le escapó una sonrisa de satisfacción. Buscó a Sofía y ella le devolvió una mirada cómplice mientras le dijo algo que, por el ruido, tuvo que leer de sus labios.

—Gracias por venir —sonrió dulce y alegre.

Jaime la miró intensamente expresando un *«gracias a ti»* con los ojos. Entrada la madrugada los chicos seguían dándolo todo.

—Deberíamos ir a Arena —propuso Rober.
—Yo creo que me voy a casa ya... —respondió Sofía mirando sutilmente a Jaime.
—¡Qué corta rollos eres chica! —espetó Rafa.
—Sí, yo creo que también me iré... —Jaime no pudo evitar sonreír a Sofía.
—¡Picarones! —soltó Rober—. Nene ¿vamos nosotros y les dejamos el piso a los tortolitos? —bromeó con aires de maestro de ceremonias.

Llegaron al portal de Sofía entre risas, hablando de Rober y Rafa. Sofía le contaba anécdotas sobre la pareja, situaciones desternillantes que explicaba con tanto detalle que Jaime se sentía hasta parte de ellas. Entonces él se dio cuenta de que todavía no se habían besado. Así que, en el ascensor, la miró, mientras ella jugaba con las llaves, la agarró de la cintura y la atrajo hacia él besándola con ímpetu. Ella le correspondió con un beso de esos que reviven a un muerto. Los dos sonrieron desinhibidos.

—¡Qué ganas te tenía! —dijo él mordiéndole el labio.

Con el piso para ellos solos no escatimaron en ruidos. Disfrutaron intensamente el uno del cuerpo del otro y de la excitación extra que les aportaba el alcohol. Hora y media después cayeron fulminados, no dijeron nada, ella con medio cuerpo sobre el de él, como en un desmayo repentino. Durmieron sin moverse.

A la mañana siguiente la resaca era invitada de honor en aquella cama. Ella se despertó primero y se quitó de encima de Jaime. Él trató de abrir los ojos con mucho esfuerzo.

—Madre mía ¿qué hora es?
—No lo sé. Tarde.

Él lanzó un suspiro de queja. Ella, con los ojos cerrados, buscó su mano y se la puso encima de un pecho. Él expiró un sonido placentero y se acercó a ella para sentir su cuerpo. Poco a poco fueron despertando. Se quedaron un rato más en la cama charlando.

—Entonces... ¿De verdad que vas a exponer mi retrato?

¿Así, sin que yo lo haya visto antes? —preguntó incrédula.

—Sí —respondió él con seguridad máxima mientras le acariciaba la espalda.

—Pero...

—Bueno, si no quieres no, claro. Pero, me gustaría mucho, la verdad.

—No sé... me da vergüenza.

—A mí también me daba vergüenza venir anoche.

—Ya —sonrió ella cogiendo su mano y apretándola fuerte contra su tripa—. Venga, te dejo que lo expongas siempre y cuando no me hagas sentir ridícula, ¡eh! —le amenazó con el dedo para terminar dándole un beso.

—Confía en mí.

Era la primera vez que Jaime había pronunciado un "confía en mí" tan seguro y honesto. Hasta la fecha, usaba esa expresión como salvoconducto, una manera de cubrirse las espaldas y zanjar conversaciones incomodas. En esta ocasión estaba convencido de que a Sofía le iba a encantar su retrato. Ella había sido un dulce regalo del universo y le hervía dentro la necesidad de cuidarla y protegerla. La abrazó fuerte y le dio un beso en la mejilla, apretándola contra su cuerpo hasta que ella soltó un leve quejido. Era adicto a esos instantes de satisfacción absoluta. Esa relajación total la había vivido con Julia también y no podía evitar pensar que, esa sensación única, pronto se empañaría por los obstáculos auto impuestos. Sofia, ajena a un Jaime pensativo de más, siguió el interrogatorio.

—¿Has retratado a todas las mujeres con las que has

estado? —se interesó ella.

—A todas no. Solo a las que, de algún modo, me han marcado —aclaró él.

Y al decirlo en voz alta lo hizo real. Se le erizó la espalda y sonrió instintivamente.

—¿De qué te ríes? —preguntó ella devolviéndole la misma expresión.

—Nada, no sé... Tiene su sentido —se quedó pensando.

—¿El qué?

—Pues que... ahora caigo en que todos los retratos que he seleccionado para la exposición son de personas que me han salvado.

—¿Salvado? — dijo ella desconcertada por lo trascendente que le sonaba esa palabra.

—Sí. Me han salvado de mí mismo, de mi inseguridad, de mi pesimismo constante, de mi oscuridad. Y no me he dado cuenta hasta...

—¿Hasta lo de Alberto? —sugirió ella.

—Quizá si... —Jaime pensó de nuevo en Julia y saltó de la cama de un golpe, como si ese pensamiento le hubiera quemado por dentro—. ¿Nos levantamos? —ofreció con más energía de la que su cuerpo podía producir en ese momento.

Sofía se quedó algo extrañada por la rapidez de su gesto pero asintió. Era prudente, tanto que, a veces, parecía no darle importancia al comportamiento de Jaime. Desayunaron en el salón. Tostadas, café con leche y zumo. El piso de Sofía y Rober era todo luz. Tenían un gran ventanal en la sala que la inundaba de claridad. Jaime no estaba acostumbrado a despertar rodeado de sol y le pareció una sensación muy agradable. Disfrutó del momento en silencio, sabiendo que tarde o temprano tendría que romperlo para explicarle a Sofía el porqué de haberse levantado de esa forma. Sentía que debía hacerlo.

—¿Cuándo es la expo? —dijo ella comedida pero incomoda.

—La semana que viene. Te pasaré la invitación si me das un correo. Ojalá Alberto pueda venir...

—Sí... —susurró algo dudosa—. ¿Has invitado a mucha gente? —le daba conversación para hacer pasar el tiempo y ver si se le quitaba esa sensación que la incomodaba por momentos.

—En realidad todavía no...

—Ya...

Ninguno de los dos se estaba sintiendo cómodo en aquella conversación. Jaime le daba vueltas a por qué no dejaba de pensar en Julia estando con Sofía. Y Sofía se daba cuenta de que algo estaba alterando las cosas entre ellos.

—Bueno... —dijo desperezándose—, igual estaría bien que empezáramos a activarnos, ¿no? —se levantó deprisa para recoger las sobras del desayuno.

Jaime fue a decir algo y, en ese momento, sonó sonó su teléfono. Lo miró. Era Julia. Lo silenció. Y se quedó callado.

—¿No lo coges? —dijo Sofía extrañada.

—No, no —respondió rápido.

—Igual es importante —insistió ella leyendo a la perfección el inefectivo esfuerzo de Jaime por ocultar su alteración súbita.

Claro que era importante. Era Julia respondiendo a su petición de verla. Pero el momento elegido no podía ser más inoportuno y a Jaime se le descompuso el cuerpo. La mente se le bloqueó y atendió a la curiosidad de Sofía como pudo.

—Es mi ex —se arrepintió al segundo de pronunciar esas palabras.

—Ah... —Sofía simuló desinterés.

—Luego la llamo.

—Puedes hablar con ella, no me importa —dijo forzando la despreocupación.

—No... debe ser para quedar —Jaime quiso sonar natural pero se dio cuenta de que no le salió.

Estaba claro que, con Sofía cerca, su boca se descontrolaba cual manguera al abrir el grifo a máxima potencia. Estaba nervioso y eso allanaba el camino a la torpeza. Miró su taza intrigado mientras se dirigía a la cocina.

—¿Tenéis buena relación? —le dijo ella desde el salón alzando un poco la voz.

—En realidad no —volvió sin la taza.

—¿Entonces? ¿Temas pendientes? —apuntó directa al centro de la diana.

—Algo así... —Jaime quería explicarse pero, a la vez, no podía dejar de pensar que estaba metiendo la pata.

—Es complicado, ¿no? —ella se levantó de la silla y se puso frente a él.

—Un poco... —perdió la mirada.

—Entiendo... —pronunció ella dando un paso hacia atrás pensativa.

A Jaime le extrañó esa última afirmación y le pudo la curiosidad.

—¿Qué entiendes? —preguntó un poco a la defensiva.

—Bueno, parece que estás en un momento delicado —apuntó ella dirigiendo su mirada a la ventana.

—No tanto —dijo algo molesto al darse cuenta de que Sofía dirigía la situación hacia un desenlace bastante claro.

—La verdad, yo no me quiero meter en esto —hablaba sin mirarle, tratando de esconder su semblante decepcionado.

—¿En qué? —saltó él ofendido.

—En esta historia sin cerrar que arrastras...—dijo convencida.

—Yo no he dicho nada de eso —el tono de Jaime se oscureció.

—Es que no hace falta que lo digas, Jaime. Está claro —sentenció Sofia tozuda y calló.

—No creo que haya nada claro...

—Mira —le interrumpió—, te conozco poco, eso lo primero... —suavizó el tono—. Pero sé qué significa esa mirada y esa manera de hablar de ella. Lo sé porque yo también he pasado por eso. Y, aunque haga mucho tiempo, da toda la sensación de que todavía te tiene atrapado. Y yo no me quiero meter, de verdad.

Lo decía con tanta convicción que él no pudo encontrar los argumentos que desmontaran su teoría. No pudo porque no los tenía a mano. Julia era un pensamiento que había pospuesto muchas veces. Y Sofía, esa mujer dulce que tenía ante él y le miraba con ojos distintos, le hacía desear poder ofrecerle la confianza suficiente como para no dar crédito a su propio razonamiento, sin embargo, estaba paralizado.

—Entiendo lo que dices y respetaré cualquier decisión que tomes —pronunció él contra su sentir real.

Eso era como darle la razón y, aunque Jaime se negaba a aceptar sus palabras, le parecía lo mejor que podía hacer en ese momento.

—Me lo paso genial contigo, Jaime, de verdad. Tenemos una complicidad que no he compartido con nadie en mucho tiempo...

—Yo también lo pienso —interrumpió ansioso con un resquicio de esperanza.

—Pero si le doy más cancha a esto, sé que acabará siendo complicado para mí.

—Entonces, ¿qué propones? —se impacientó él.

—¿Ser amigos? —levantó las cejas y esbozó una leve sonrisa complaciente.

—Lo que tú quieras —asintió manso.

—Sí, es lo mejor —se podía percibir el conformismo en su intento por parecer firme.

—Entonces... mejor me marcho —dijo él.

Sofía asintió y le acompañó a la puerta. El momento estaba siendo tan incómodo como triste para ambos.

—Bueno pues… No sé, a mi me gustaría igualmente que vinieras a la expo —dijo él con cierta inquietud.

—No sé, prefería que las cosas quedaran claras —obvió su propuesta—. Igual me he precipitado un poco, pero lo mejor es ser sincero y tratar de explicarse. Yo me siento así. Y, quizá, me esté adelantando a los acontecimientos, pero sé que no es mi momento más fuerte —explicó Sofía.

—Yo solo quiero que estés bien —se sinceró él.

—Gracias.

Se abrazaron muy fuerte, dilataron el momento hasta que no hubo más remedio que separarse. Él le dio un último beso. Ella apretó su mano con fuerza. Era una situación bella y extraña al mismo tiempo. Pasar del éxtasis a la sensación de pérdida dejó a Jaime contrariado. Se marchó con ganas de volver, besarla, abrazarla fuerte y ser el caballero de película que nunca fue. Sentía algo por Sofía, eso estaba claro. Algo que no había identificado aún. Atracción sí, pero también la complicidad de la que ella hablaba. Tenía claro que eso no se encontraba con facilidad. La quería, como se quieren las cosas buenas de la vida, con alegría y fervor. Pero no estaba seguro de poder darle lo que ella necesitaba. En realidad no estaba seguro de poder darse a sí mismo lo que necesitaba. Porque, al fin y al cabo, no sabía lo que necesitaba.

Capítulo 8
Lanzamiento

Los días de reubicación habían pasado y el engranaje de la exposición se puso en marcha de nuevo. Ernesto estaba a punto de llegar a casa de Jaime para recoger los cuadros y él seguía dudando. Lo tenía casi todo apunto, solo le quedaba una última decisión que se le resistía. Se sentó en el sofá verde y pensó durante un rato con la libreta de ideas en la mano, dibujando. Sonó el telefonillo. Cargaron las obras en la furgoneta y fueron a la galería. Durante el trayecto Jaime empezó a sentirse alterado, una mezcla entre emoción y nerviosismo le recorría. Pensó que Raúl le había dado mucha manga ancha con respecto al material que iba a exponer. Ahora le resultaba hasta extraño. Ni siquiera le había pedido supervisar el proceso, ni participar de la elección. Le había dado total libertad y ese era un ámbito en el que Jaime se solía sentir bien pero, en esta ocasión, le proporcionaba cierta inseguridad.

Llegaron al Born, las calles estrechas ese día le parecían laberínticas. Se sentía perdido. Sofía le había apartado y Julia... ¿qué quería él de Julia? No lo sabía. «*Entonces, ¿para*

155

qué tanta insistencia en verla?», se preguntó. Por inercia, quizá. Eso era lo que hacía siempre, buscar la redención en el otro, posiblemente porque le resultaba más fácil que perdonarse a sí mismo.

La galería de Raúl era un espacio pequeño lleno de luz, le recordó al salón de Sofía. Descargaron las obras y charlaron un buen rato. Raúl enseguida se interesó por Alberto. Jaime le explicó que estaba mucho mejor, en dos días había hecho grandes progresos y pronto le iban a dar el alta. Luego trataron los pormenores de la exposición. Jaime entró en materia entusiasmado. Dejó su vida a un lado para centrarse en la de sus cuadros. Como los personajes de Sofía, sus obras también habían cobrado vida y trazaban su propia historia. Raúl le escuchaba atento, contagiado por la vitalidad con la que Jaime le hablaba y lo escribía todo en un cuaderno mientras iban viendo los cuadros apoyados uno al lado del otro en la pared.

—Yo lo visualizo así —explicaba Raúl paseándose por la sala y gesticulando de manera exagerada—. Ponemos el título de la exposición con un gran vinilo en letras negras sobre la pared blanca, con tu nombre, claro... Ahí —señaló la pared más cercana a la puerta—. Y luego todas los cuadros en el orden que tú nos indiques, por aquí —dibujó una recorrido en forma de letra u—. Y, al final, un mural blanco donde cada persona escriba lo que le ha transmitido la exposición. Luego les entregamos unos folletos, que nos hace mi hermana a muy buen precio, con la explicación del autor. ¿Qué te parece?

Era complicado seguir el discurso de Raúl. Hablaba muy rápido. Parecía que la mayoría de cosas se las decía a sí mismo. Pero, en general, a Jaime le gustó que el público sacara sus impresiones antes de conocer la suya propia. Eso era lo que él amaba del arte: la interpretación única de cada persona sobre cada obra.

—Creo que va a quedar genial —dijo enseguida.

Se marchó, no sin antes echar un último vistazo a sus cuadros. La próxima vez que los viera estarían colgados en aquellas paredes, ya bajo la categoría de obras de arte. Ahora todavía eran esos lienzos que llenaban su piso de intensos recuerdos. Sus compañeros, sus fotografías del pasado. Le invadió la nostalgia y, por un instante, quiso llevárselos a casa de nuevo. Quiso que nada cambiara. Quiso seguir igual. Sentía que deshacerse de ellos era como quedarse vacío, como si le robaran gran parte de su ser. Nunca había sentido eso por las obras que había vendido por Internet, pero éstas las concebía de manera distinta. No podía irse de allí y dejarlas, sentía como si le estuvieran arrebatando su mundo. Y entonces se dio cuenta, no eran los cuadros, eran las personas de los cuadros a quien temía perder. Sin ellas nunca hubiera llegado hasta ese momento de su vida, el momento en el que se demostraba que era, lo que Alberto, Marisa, Julia y Sofía, le habían dicho que era: un artista.

Caminó dirección al metro imaginando el día de la inauguración. Él, que siempre había sido, de cara a la galería, un despreocupado de la vida, se sentía inquieto. «¿Y *si no viene nadie?»*, pensó. *«¿Y si a nadie le gusta? —continuó— ¿Y si creen que soy un aficionado? ¿Y si no vendo ni un cuadro?»* Estuvo perdido en el *«y si...»* un buen rato. Decidió pesar a ver a Alberto.

Le encontró solo en la habitación. Incorporado en la cama, comiendo unas galletas y un yogur.

—¡Viejuno! —saltó antes de que su amigo se percatara de su presencia.

Alberto giró la vista y sonrió.

—¡Mamón!

Jaime rió y se acercó.

—Veo que ya vuelves a ser el mismo.
—¿Pensabas que te ibas a librar de mi?
—He rezado cada noche para que eso ocurriera.
—Dios no podrá ayudarte, amigo —sentenció doblando el brazo hacia arriba como sacando músculo.
—Cuatro días aquí y ya te has quedado en ná —se burló Jaime.

Alberto le cogió de la camisa y le acercó hacia él para susurrarle.

—Creo que me quieren matar de hambre, Jaime. Es un complot. ¡Lo que daba yo por un buen chuletón! rió.

El buen humor de su amigo volvía a poner todo en su lugar. Alberto era un fuerte y lo estaba demostrando. Pese a las heridas, pese a la operación de urgencia, los huesos rotos, él se aferraba siempre a la parte alegre de la vida. Tantos años de amistad y Jaime nunca se dio cuenta de lo distintos que eran. Él tan pesimista, tan perdido y Alberto tan optimista, tan centrado.

—A todo esto, ¿cómo va la exposición chaval? A mí que me dejen salir ya de aquí, eh... —dijo mirando a la puerta como si quisiera que los médicos le escucharan.

—Va bien. Ya está todo organizado y en unos días... —Jaime no pudo evitar una sonrisa nerviosa.

—¡En unos días a triunfar! —Alberto usó ese tono de convencimiento absoluto—. Seguro que has estado hasta el final dudando de si hacerla...

Jaime rió.

—¿Cómo lo sabes?

—¿Y todavía me lo preguntas?

Jaime calló, era obvio que Alberto le conocía al dedillo, mejor que él mismo.

—¿Me vas a contar qué cuadros vas a exponer o tengo que fingir un desmayo para que esto se ponga interesante? —se burló.

—No te voy a contar nada. Lo verás por ti mismo.

—Espero no llevarme la sorpresa de verme en culos ante el público —rió.

—¿Llegaste a ver ese cuadro? —se sorprendió Jaime.

—Claro, yo los he visto todos... ¡Aunque tú no me los hayas enseñado!

Alberto empezaba a parecerse, de forma inquietante, a una madre omnipresente y Jaime no podía hacer más que reírse de la situación.

—Siento decirte, amigo, que tu culo tiene un lugar preferente en esta exposición.

—¡No me jodas! —espetó Alberto—. Y tú, lo de pedir permisos nada de nada, ¿no?

—Soy un artista controvertido —rió.

—Qué hijo de... —Alberto rió a carcajadas como si nada de aquello le importara en realidad.

—Esto te pasa por tener un colega... ¿cómo lo decís vosotros?... ¡artista!

—¡La madre que te parió! Aunque, y que esto no sirva de precedente, tengo que reconocer que es un gran cuadro... de lo mejor y no solo por voluptuosa hermosura —presumió divertido.

Pasaron un rato distendido hasta que llegó la madre de Alberto. De vuelta a casa, a Jaime se le ocurrió que había obviado algo importante. Dio por hecho que a los protagonistas de sus cuadros no les iba a importar formar parte de la exposición. Y se le abrieron los ojos al concluir que debía de haberles avisado. Así que decidió escribirles un correo a cada uno para invitarles y pedirles permiso. Tanto tiempo yendo a la suya que se le había olvidado dejar las cosas bien atadas. Cruzó los dedos para que todos estuvieran encantados. Miró el móvil. La llamada de Julia invadía la pantalla, era imposible evitarla. Se dio unos minutos para pensar en qué iba a decirle cuando ella rehusara su propuesta, estaba convencido de que así lo haría. Imaginar el rechazo le debilitaba la musculatura, aunque, por otra parte, Julia siempre había demostrado una admirable criterio para la toma de decisiones, exceptuando haberle elegido a él, esa, para Jaime, era la excepción que confirmaba la regla. Así que, guiarse por lo que ella recomendara parecía buen plan.

Jaime se impuso no rebasar la línea que separaba lo que él quería hacer del forzar la situación con pretextos meramente egoístas. La llamó.

—Hola Jaime.

—Julia... Me llamaste esta mañana, ¿verdad? —una leve afonía al empezar la frase delató sus nervios.

—Sí Jaime. He estado pensando en lo de vernos... —hizo una pausa—. Lo siento mucho pero no creo que sea lo más conveniente —sonó titubeante.

—¿De verdad? —Jaime notó la decepción incontrolable en su propia voz— Bueno... te entiendo, es normal que no quieras verme —siguió resignado.

—No es que no quiera, Jaime —dijo ella indecisa—. Es que... no sé... Así, de repente... No lo sé.

—Julia, yo quiero verte. Necesito verte. Esta vez es distinto.

—¡Claro que esta vez es distinto! —espetó ella de repente rotunda y molesta.

A Jaime esa reacción, un tanto violenta, le impactó. Julia tenía carácter, eso era innegable, pero ahí había algo más que una propuesta desubicada.

—Mira, sé que he estado muy perdido durante demasiado tiempo y, ahora, no te creas que sé muy bien lo que hago tampoco... —expiró una sonrisa que retuvo a la mitad por parecerle poco adecuada— Pero entiendo que lo que tú necesitabas no era una persona segura de todo al cien por cien, sino alguien que pudiera luchar contra las inseguridades —paró un momento y, cuando Julia fue a hablar, él la interrumpió para proseguir—. Y yo no sé si soy esa persona ahora, Julia, de verdad que no, pero quiero serlo, estoy tratando de serlo, me estoy enfrentando a mí mismo.

—Jaime, no sigas por favor —le interrumpió ella enfadada—. ¿Qué quieres? ¡Qué quieres ahora! —espetó.

—Verte, hablarte, decirte a la cara que fui un tonto por alejarte, por quedarme fuera, por tenerte miedo y tenerme miedo a mí mismo.

—No sé ya cómo decirte que es tarde, que no quiero tus disculpas, que ya ha pasado mucho tiempo, que sí... eres tonto y yo también lo soy.

—¿Tonta? ¿Tú? No digas eso.

—Sí, tonta, porque te sigo escuchando, sigo planteándome si quiero o no quiero verte, cuando debería ignorarte, pasar de ti... Y no. Otra vez, casi dos años después, vuelves con tus disculpas... ¡Esto es un bucle que no tiene fin! Cómo voy a ser capaz de terminar con esta historia de una vez por todas si, cuando creo que ya estoy recuperada, contacto contigo por cortesía y tú aprovechas la oportunidad para soltarme todo esto... No lo entiendo, de verdad que no.

Jaime calló otorgándole todo el crédito a sus palabras. Ella siguió hablando.

—¿Es que no lo ves? Siempre soy yo la que te abre el camino, Jaime. Siempre soy yo la que te da la mano para que termines cogiendo todo el brazo... Porque es cuando tú sufres cuando necesitas a la gente. Ahora sigue sin tratarse de mí, esto trata de ti, como todas las ocasiones anteriores. Esto siempre llega en el momento en que tú lo necesitas.

Julia pronunció ese "lo necesitas" con tanto rencor que Jaime se quedó sin argumentos. Se notaba que ella había estado mucho tiempo esperando ese momento, esa oportunidad de decirle todo lo que pensaba sobre él. Se podía percibir la rabia y el desencanto en su voz. Él nunca la había escuchado así. Se había encontrado con el enfado de Julia muchas veces antes y lo había esquivado con maestría de escapista. Pero, por mucho que ella dijera que esta situación no difería de tantas otras, Jaime tenía la ligera sospecha de que no se trataba de lo mismo.

—Sé que te he llevado al límite Julia —dijo en un cuestionable intento de destensar la situación—. Pero sabes que nunca he dejado de quererte —lanzó la artillería pesada, la que siempre le había servido para amansar a la fiera que rugía dentro de ella.

Al instante de pronunciar esas palabras se sintió mezquino. Esas artimañas eran propias de un manipulador sin alma dispuesto a todo por lograr su propósito, ¿o quizá no? Cierto era que él siempre había amado a Julia por encima de todas las cosas excepto una, él mismo. Pero también era cierto que había tirado esa carta sobre la mesa con actitud de descarte, de tentar a la suerte, a ver si le echaban una carta mejor que hiciera su mano ganadora.

Hubo silencio.

—Me quedé embarazada —confesó derrotada.

Hubo más silencio. Una falta de sonido oscura y aterradora. Jaime sintió crujir algo en su pecho.

—¡¿Qué?! —espetó ahogado.
—Sí —su firmeza rompió los muros de contención.
—¿Pero?

Con esa pregunta Jaime resumía la decena de otras preguntas que quería hacer pero no podía pronunciar.

—¿Pero? Pero, ¿qué? —dijo ella alterada.
—Pero... ¿cuándo? —le faltaba el aire y le sobraban palpitaciones.
—Hace año y medio.
—¿Año y medio?
—Cuando estuvimos haciendo el tonto.
—El tonto... —repetía las palabras de ella incapaz de pronunciar las suyas propias.
—Sí, Jaime... Cuando nos estuvimos liando sin compromiso —volvió a usar ese tono de rencor absoluto con el que trataba de hacerle reaccionar.

—Pero... ¡¿cómo no me dijiste nada?! —increpó él.

—Intenté hacerlo.

—¿Cuándo? Hostias ¡¿Cuándo?!

Ella se quedó en silencio. Ahora era Jaime el que copó de violencia sus palabras, desesperado por tener información.

—Quizá sí sea mejor que nos veamos y hablemos de esto —ella rebajó su tono para compensar la balanza.

Jaime pudo sentir el alivio en su voz y eso le enfureció.

—Pero nos vemos ya —impuso.

—Yo ahora mismo no puedo.

—No vas a soltarme esa bomba y pretender que espere a que tengas tiempo —pronunció combativo.

—Siento habértelo dicho así, Jaime. No debería...

—¡Claro que no deberías! ¡Y tampoco deberías esperar ni un minuto más en contarme qué coño ha pasado Julia! —gritó con furia.

—Está bien —relajó aún más el tono—, dame dos horas.

Jaime observó su piso, se había convertido, de repente, en un lugar totalmente extraño. Aquella información lo cambiaba todo, cambiaba su percepción del mundo y todo a su alrededor parecía distorsionado. Sintió que se ahogaba, trató de respirar profundo. Embarazada. Aquella palabra retumbaba en su cabeza. Embarazada. Se mareó. La debilidad en sus extremidades le obligó a sentarse en el sillón. No podía creérselo. Embarazada. Como en aquel dulce sueño que había tenido cuando durmió en casa de Marisa y Alberto. Pero esta situación no era nada dulce, era tremendamente dramática. La premonición se había vuelto cruda realidad.

Dos horas iban a ser demasiados minutos de incertidumbre. Insoportable para un Jaime de naturaleza impaciente. El piso le engullía. La sangre le hervía. El corazón se rendía a una incontenible presión. La idea de tener un hijo le sobrepasaba. No podía concebirla, no le entraba en la cabeza, no se sostenía por ningún lado. Él siendo padre de un hijo que no conocía. Un hijo engendrado sobre las cenizas de un gran amor. De qué forma tan cruel se le venía la vida encima.

Le sorprendieron unas repentinas ganas de llamar a Marisa. Después de la conversación que habían tenido sobre Julia en la cafetería del hospital, posiblemente era la única persona que pudiera darle algún consejo. Aunque no estaba seguro de que necesitara un consejo. Lo que necesitaba era información y saber, sobre todo, si ese bebé había nacido. «*Un bebé*», lo pensaba y se le encogían las entrañas. Y no era por miedo, esta vez, era por rabia. Rabia de que sus acciones tuvieran consecuencias tan imponentes. No pudo soportar más estar encerrado y se marchó del piso. Dio un paseo sin rumbo y, agobiado como nunca, terminó en la bodega de Blas.

—¡Hombre Jaime!

—¿Qué tal Blas? —se sentó en la barra abatido.

—Me he enterado de lo de Alberto... ¿Cómo está? —se interesó el tabernero.

—Bien, bien... Ya está dando guerra otra vez.

—¡Me alegro! ¿Qué te pongo?

—Cerveza…

Blas le sirvió una caña bien fresca. Jaime tomó el primer sorbo en silencio, como ausente. Blas le observaba.

—El primer trago siempre es el mejor —dijo Jaime tras un intenso suspiro.

—Y tanto… —asintió Blas.

—Blas —le miró Jaime—, ¿tú tienes hijos? —le soltó sin dilación.

—Dos… Chico y chica, ¿por? —le respondió pasando el trapo por la barra tranquilamente.

—No sé, nunca te lo había preguntado… ¿Y qué edad tienen?

—La mayor veintitrés y el pequeño diecinueve. Estudiantes los dos, muy buenos además.

Jaime advirtió un brillo especial en los ojos de Blas. Nunca le había visto lucir esa expresión de padre orgulloso. Siempre tan rudo y gruñón, quién iba a imaginar que se le caería la baba hablando de sus hijos. Aunque, ahora que lo pensaba, en algunas ocasiones sí que había mostrado, con Alberto y con él mismo, un ápice de comportamiento paternal. Charlaron un rato sobre el tema. Jaime le preguntó un montón de cosas, como si tratara de prepararse para lo que se le venía encima.

—¿Estás pensando en ser padre o qué? —rió Blas.

—No lo sé… —susurró Jaime.

—Pues mejor que lo sepas porque estas cosas te cambian la vida, amigo —le palmeó la espalda.

Jaime pensó, entonces, que si su vida ya había cambiado de golpe solo con el hecho de conocer el embarazo de Julia, cómo iba a ser lo que viniera después. Cómo iba a cuidar de su hijo si era un fracaso de persona desde antes de su concepción. Irresponsable, egoísta y asustadizo. No sabía ni cuidarse a sí mismo. Había rechazado a Julia, una y otra vez, hasta destrozarla y, para colmo, la dejaba embarazada y desaparecía. Sin saberlo, claro, pero eso no justificaba nada. ¿Con qué cara se iba a enfrentar a su encuentro con ella ahora? Aunque estaba enfadado, en realidad no lo estaba con ella por no decirle nada, lo estaba consigo mismo. Enfurecido, más bien. Porque nunca contempló que algo así le pudiera suceder a él. Porque, como decía Alberto, andaba sin pisar. Y esta era, posiblemente, la huella más profunda que habría marcado en su vida. Pero era una huella exenta a su control, y eso le consumía.

Llegó al bar acordado antes de la hora. Se sentó cerca de la puerta para observar la calle. Quería ver a Julia en cuanto apareciera. Por inercia, pidió una cerveza pero cambió al instante de idea y prefirió tomar una tónica. Aquello no era un encuentro social estándar, no habían quedado para tomarse una cañas y ponerse al día. Esa cita tenía una categoría muy distinta. Era un escenario nuevo para Jaime y quería que su comportamiento fuera impecable.

Julia llegó muy seria. Al verla, Jaime se puso tan nervioso que se levantó de la silla y le dio sin querer un golpe haciéndola caer al suelo provocando un indiscreto estruendo. Estaba especialmente guapa enfundada en su sencilla elegancia. Vaqueros, camisa a cuadros y una chaqueta gris de lana. Su pelo corto y sus pestañas largas. Un ligero toque de maquillaje disimulaba que había estado llorando, pero sus labios hinchados la delataban. Cuando Julia lloraba intensamente, sus labios aumentaban de volumen. Era un detalle que Jaime conocía perfectamente pero, en ese instante, prefirió no haberlo sabido nunca.

—Hola Jaime —dijo ya frente a él.

Su gestualidad era calmada, pero Jaime no pudo evitar fijarse en que su pecho se movía con subidas y bajadas cortas y rápidas.

—Julia —respondió de pié, con el respaldo de la silla en la mano.

Se quedaron unos segundos mirándose hasta que la situación se tornó algo incómoda. Ella se acercó y le dio dos besos. Él la correspondió sintiendo una erupción de emociones en su interior. Se sentaron. Julia pidió una infusión. Mantuvieron el silencio el tiempo que el camarero tardó en servirla.

—Lo primero que tengo que decirte es que no hay bebé —soltó en cuanto se fue camarero y calló.

Jaime no supo qué decir. La sangre se le empezó a helar, del corazón a las extremidades, lentamente. No se movía. Ya lo hacía su mente. Por un lado, sintió cierto alivio, pero no quiso demostrarlo. Por otro, acusó, también, cierta decepción, y tampoco quiso demostrarlo. Hasta coqueteó con la sensación de abandono, sin saber muy bien porqué. Ella continuó hablando de manera pausada, como si el ritmo de su conversación fuera requisito imprescindible para lograr alcanzar el estado de calma anhelado.

—¿No tienes ninguna pregunta?

Él, atónito, callaba. No podía ni pensar. En dos horas había construido un mundo en el que su hijo desconocido existía y, ahora, todo volvía a ser como antes. Pero ya nada era como antes. No sabía ni cómo sentirse: ¿extraño? Quería saber exactamente el cómo, dónde, cuándo y porqué de todo, pero solo había una pregunta que realmente importaba. Y era la que debería haberle hecho mucho tiempo atrás, en multitud de ocasiones y nunca le hizo.

—¿Tú cómo estás?

Ella abrió los ojos. De todos los escenarios que se hubiera imaginado, aquel era el descartable. No parecía preparada y tardó en responder.

—Yo estoy bien —susurró mirándole directamente.

Jaime le devolvió una leve sonrisa y acercó su silla a la de ella. Julia le observaba incrédula, sin moverse.

—Lo siento —susurró con la voz quebrada y poniendo la mano sobre la de ella.

Julia rechazó inmediatamente su gesto, apartó su mano y le respondió con una mirada de reproche.

—Estoy bien, de verdad, no necesito tu compasión —se agriaron sus formas.

A Jaime le entró el pánico. Nunca se había sentido capaz de lidiar con los enfados de Julia. Le removían demasiado. Su cuerpo le pedía escapar, huir de su mirada decepcionada y sus gestos de rechazo. Sabía que Julia no solo tenía el derecho, sino la razón, para sentirse así. Pero lo que quería hacer y lo que pensaba que debía hacer, eran dos cosas completamente opuestas. Así que, por primera vez, confrontó a su instinto con su razón.

—Me gustaría —pronunció temeroso— saber qué ocurrió…

Ella arrugó la frente, extrañada. Le miró como si no le reconociera. Pero, enseguida, la desconfianza en su mirada se transformó en otra cosa. El brillo en sus ojos, la caída de las comisuras de sus labios, la palidez de su piel, hicieron a Jaime conectar con su tristeza. No tardó en empezar a hablar.

—Lo supe semanas después de la última vez que hablamos… —hizo una pausa para oxigenar sus pensamientos—. Me asusté mucho. Te llamé. No lo cogiste —subió las cejas remarcando lo habitual de ese comportamiento—. Y entré en paranoia. Después de todo, siempre has tenido esa facilidad por desaparecer sin dar la menor explicación. Te volví a llamar. Quería contártelo en persona y que decidiéramos los dos. Al fin y al cabo yo te quería muchísimo —paró y se quedó pensativa.

Jaime no dijo nada, trató de mantener su semblante neutro, para no alterar el discurso de ella.

—Coincidió con el favor que te pedí. La ilustración para mi amiga Ruth, ¿recuerdas?

Jaime asintió con un gesto de cabeza y una bola en la garganta recordando, a la perfección, ese terrible episodio, del que se había arrepentido en tantas ocasiones.

—Te llamé muchas veces… Supuse que me evitabas porque no habías hecho el encargo. Pero me tenías tan acostumbrada a ese tipo de cosas que resultaba absolutamente desesperante. Y, aunque ideé mil maneras de llamar tu atención, me dolía tanto pensar que debía forzarte a que me escucharas… a que, prácticamente, te estaba obligando a saber que estábamos esperando un hijo… No pude —respiró profundo, negó con la cabeza y dejó caer sus párpados.

Él agachó la cabeza, miró al suelo, el pensamiento se le fue por unos segundos. Recordó pasajes concretos de su niñez. La vino una profunda sensación de desamparo.

—Me obligué a dejar de insistir. Se convirtió en mi problema, solo mío y fue durísimo. Me sentí muy sola, tuve el teléfono en la mano cientos de veces para llamarte pero no podía. Con el tiempo comprendí que la mayoría de las decisiones que has tomado en tu vida han derivado de la presión. La presión de dejarlo todo para última hora o, incluso, por la insistencia de los demás. Y huyes de eso, huyes aislándote del mundo, dejándolo todo y a todos aparte y centrándote en ti. Pero eso nunca termina por llevarte a ningún lugar, siempre vuelves en busca de más orientación. Así hemos pasado los últimos años de nuestras vidas...

Jaime levantó la cabeza para mirarla. Deseó poder decirle que sí, que tenía razón y que los últimos acontecimientos le habían abierto los ojos. Pero sonaba tan típico de él que no podía, no por enésima vez. No, aunque fuera cierto, por primera vez.

—Decidí tenerlo —susurró sin aliento y calló.

A él se le heló el semblante y la miró sin entender. Pasaron unos largos segundos de agonía máxima.

—Sí, decidí tener a nuestro hijo sin ti a mi lado. Conté con el apoyo de mi familia. Fue una decisión muy difícil. Pero elegí a mi hijo. Lo tuve creciendo dentro de mí. Le sentí moverse —sonrió levemente—. Le hablé, le amé, le protegí todo lo que pude...—su voz se iba apagando.

Jaime escuchaba acongojado. De repente, lo abstracto se volvía tan real que creía que podía tocarlo. Ella hizo una pausa muy larga, muy profunda. Su respiración se aceleró, las palabras se le cortaban, los ojos se le humedecían y Jaime lo supo, antes de que ella lo dijera.

—Y murió.

Jaime sintió todo el peso de su existencia cayéndole sobre el pecho. Una lágrima recorrió la mejilla de Julia. Se recompuso como pudo y volvió a ponerse seria, fría, dura como un muro de acero. Inspiró profundo.

—Murió. Dentro de mí. Y tuvieron que sacármelo con una cesárea —se tocó la tripa y bajó la mirada— Marcada para siempre —las lágrimas cayeron sobre su camisa.

—Julia... —dijo él con la voz temblorosa.

—No quiero tu compasión, Jaime. No la quiero —susurró agónica.

Ella se secó la cara con una mano y le miró fijamente. Su cuerpo, erguido, invitaba a mantener las distancias. Jaime no sabía exactamente qué debía hacer en ese momento. Le vino un pensamiento repentino. Pensó que no existían las decisiones correctas o incorrectas, porque nada estaba escrito, porque escogiera la puerta que escogiera, al cruzarla, la otra formaría parte de lo que no debía ocurrir. Siempre había pensado que las opciones que desechaba podían ser mejores que las que aceptaba, perseguido por un «y si» constante que le mantenía, permanentemente, indeciso. Pero, se daba cuenta de que solo eran de verdad los caminos tomados, nunca los no recorridos. Estos no seguían construyéndose paralelamente como siempre había imaginado, recordándole la vida que nunca iba a tener.

—Las malas decisiones no existen —se le escapó mirando a la nada.

—¿Qué? —se extrañó Julia.

Jaime salió, instantáneamente, de su maraña mental. Se acercó a Julia, ante la cara de sorpresa de ella, y la abrazó con intensidad. Ella empezó a llorar desconsolada.

—Julia... —no le salían las palabras— No puedo creer lo que te he hecho, Julia... —se lamentaba.

Ella sollozaba tratando de contenerse, hundiendo su cara en el hombro de él para que nadie pudiera verla.

—Voy a pagar. Vámonos de aquí.

Ella le esperó en la mesa, secándose las lágrimas con discreción, mientras se acercó a la barra con apremio. Al volver, le esperaba de pie y él la rodeó con su brazo para guiarla hasta la puerta. Con ese gesto, deseó ser capaz de absorber todo su dolor.

—Vamos a mi casa, nos tomamos una tila y hablamos. Estoy aquí, Julia. Tarde, pero estoy aquí. Ódiame, despréciame, me lo merezco todo. Pero no te voy a dejar sola. Ya no.

Julia no hablaba, parecía haber entrado en un estado de shock profundo. Se había abandonado y Jaime tomó la iniciativa. La observaba mientras caminaban y la veía tan perdida, tan desorientada, tan sin consuelo posible. Eso se lo había hecho él, le había robado la luz, la sonrisa, la vida. Se odió y enseguida dejó de pensar en sí mismo. Era lo que hacía siempre, pensar en él, en cómo le afectaban las cosas, en la culpa, en lo mal que le iba todo. Y así había logrado que las personas importantes de su entorno no se sintieran nada especiales, al contrario.

Seguía guiando a Julia por las calles de su barrio mientras pensaba en lo que le había dicho en la cafetería: «*siempre has tomado las decisión empujado por la presión*». Entendió perfectamente a qué se refería. Así era él. Escondía su incapacidad por tomar decisiones tras sus acciones impulsivas. Pero no razonaba, no valoraba, no gestionaba la dirección de sus pasos. De esa forma el fracaso dolía menos.

No sabía el alcance de las heridas de Julia, era incapaz de imaginarse lo que estaría sintiendo en ese momento y lo que habría vivido hasta la fecha. Pero si hubiera podido cambiarse por ella, lo habría hecho. Igual que lo pensó cuando Alberto tuvo el accidente. Hasta ese punto llegaban sus sentimientos por ellos y ninguno lo sabía. Ni siquiera él lo supo hasta ese momento.

Capítulo 9
Despegue

Llegaron a su piso. Ella seguía sin decir nada. Se sentó en el sillón verde. Jaime calentó agua y la miró estupefacto. Julia tenía las manos sobre el regazo y se pellizcaba las yemas de los dedos. Él se preguntó qué estaría pensando y supo que tenía que romper ese silencio cuanto antes.

—Te voy a poner tila y manzanilla juntas para que le de mejor sabor. Es un truco de mi madre, de cuando era pequeño... —dijo sintiéndose muy ridículo.

Ella tomó aire.

—No debería estar aquí —dijo mirando a la puerta—. No debería —repitió girando la cara hacia él.

—Si quieres te acompaño a casa. No quiero que estés incómoda. Lo que prefieras —ofreció sincero.

Julia se pasó la mano por el pelo contrariada. Jaime la miraba y, de repente, recordó lo que había hablado con Marisa en el hospital sobre si Julia estaría con alguien.

—Creo que no deberías estar sola… —dudó un instante— pero si hay alguien en tu casa que te espere… yo te llevo, sin problema —dijo arrepintiéndose al segundo.

Ella siguió callada un buen rato. Jaime pensó que había metido la pata, que no era de su incumbencia si Julia tenía a alguien en su vida o no, que no era el momento de sacar ese tema. ¿Con qué derecho se creía él al hacerle esa pregunta y enmascararla para que no pareciera del todo oportunista? Notó un pico de nerviosismo.

—No creo que sea cosa tuya si tengo novio o no —dijo ella muy seca.
—Lo sé. Solo quería…
—Solo querías ¿qué?
—Nada —dijo avergonzado.
—¿Sabes lo que pasa? Que todo lo tienes que decir a medias. Los rodeos son tu especialidad Jaime y cansas, cansas mucho ya… —ella violentó más la situación con sus ásperas palabras.

Julia no parecía Julia. Jaime sentía su amargura en cada frase, en cada gesto, en su aura. Y eso la hacía totalmente real. Más que nunca. Los últimos años él la había idealizado. En su imaginación la había despojado de toda humanidad. Y se le había olvidado que Julia era tan persona como cualquier otra, incluso más. Lo veía en sus ojeras, en su palidez, en su cansancio triste. Ese desgaste físico era el resultado de una agonía que había empezado muchos años antes y de la que él era máximo responsable. Estaba seguro de ello.

—He pasado mucho tiempo sin poder estar con nadie —dijo ella.

Él no supo qué decir y Julia prosiguió cogiéndole la taza de la mano con suavidad. Sus dedos se rozaron y Jaime sintió un chispazo.

—Voy a tratar de relajarme —suspiró—. Ahora ya no es momento para rencores. Lo peor pasó. El odio ya no tiene sentido. Y ponerme digna no me va a servir de mucho— hizo una larga pausa—. ¿Quieres saber algo sobre lo que ocurrió?

Jaime la vio transformarse de golpe ante sus ojos. Su cara triste, perdida, se tornó serena, firme, recompuesta. Le pareció magia.

—Quiero saber todo, qué pasó, con detalle, lo que sentiste, lo que sintió el bebé. Sé que puede ser duro para ti y entenderé que no quieras...

—El bebé... —comenzó con la voz segura pero enseguida empezó a temblarle— era un niño. Un niño inquieto que no paraba de moverse y dar patadas —medio sonrió para volver a ponerse seria de golpe—. Un día, de repente, dejó de hacerlo. Yo supe que algo no iba bien porque todas las mañanas le cantaba y notaba sus movimientos. Respondía a mi voz, a mis caricias... —se le humedecieron los ojos y parpadeaba lento para contener el desbordamiento.

Jaime se acercó y la rodeó con su brazo.

—Tranquila —susurró—. No hables más, no hace falta...

Ella se giró y le miró a los ojos. En ese momento él lo vio todo en la profundidad de su mirada: la incertidumbre de los primeros días, el miedo al saber que estaba embarazada, las dudas, las noches en vela tratando de tomar la mejor decisión, el seguir adelante sin mirar atrás. Así veía Jaime a Julia, le daba muchas vueltas a las decisiones importantes pero, una vez las tomaba, las llevaba hasta las últimas consecuencias. Su integridad era abrumadora.

Jaime no pudo soportar todo ese dolor. Su cuerpo era un volcán, temblaba desde dentro, y sentía como el entorno se contagiaba de su inestabilidad. Quiso agarrarse a algo firme, a algo que le hiciera poder volver a ver el horizonte. Y abrazó a Julia con todas sus fuerzas. Ella se sobresaltó al principio y luego le dejó. Él cerró los ojos y la abrazó y abrazó entregándole su alma en pedazos, entregándole su vida, dándole todo su cuerpo, su mente, su ser. Todo para ella, todo en ese momento. Si algo podía hacer era dejarse llevar totalmente por el amor que sentía. Y dárselo a Julia para que ella hiciera lo que quisiera con él. Vulnerable, al borde del desmayo, se aferraba al cuerpo de su musa, y desplegaba sus raíces, esas de las que siempre había renegado, por todas partes. Sus raíces eran sus cuadros, sus amigos, sus amores. Sus raíces eran cada uno de los recuerdos fotografiados mentalmente para luego plasmarlos en su arte. Sus raíces eran cada uno de los recuerdos borrados de su memoria por miedo a conocerse en su bajeza más perversa. Sus raíces eran la vida que no había vivido, que solo había observado desde la butaca de espectador.

Y Julia copó todo su pensamiento y todo su sentimiento. Nadie más, solo ella. Julia era faro y barco, era camino y campo a través, era agua, viento, fuego, caricia y bofetada. La mujer por la que hubiera valido la pena dejarlo todo y volver a empezar desde el principio. Desde siempre, su historia sin resolver, su historia nunca terminada, su historia en bucle. Y Jaime se hinchó de amor. Se hinchó de fuerza. Se hinchó de coraje. Y trató de resumir todas esas sensaciones en palabras.

—Te quiero mucho —le susurró.

Ella le apartó impulsivamente. Se levantó sin mediar palabra. Cogió sus cosas y se marchó.

Jaime rompió a llorar y lo hizo durante un buen rato. Lloró inmerso en su soledad. Lloró por todas las veces que se había tragado la congoja y por aquellas en que se había puesto una coraza de orgullo macizo. Lloró desconsolado hasta que no le quedó nada dentro. Hasta el fin.

Fue entonces cuando se encontró con una impactante serenidad. Tomó el teléfono y llamo a Julia. Ella no respondió. Insistió tres veces más y obtuvo la misma respuesta. Le pareció normal y dejó el móvil para ir a darse una ducha. Mientras el agua caía sobre su cabeza repasó, detalladamente, cada una de las palabras que Julia había pronunciado, y constató que todo era diferente ya. Su hijo no nato lo había cambiado todo. Le había cambiado a él y a su manera de concebirse a sí mismo. Pensó en ese «*te quiero mucho*» que Julia había rechazado creyendo, quizá, que se trataba de una bomba de humo más. Pronunció esas tres palabras en voz alta y dejó que su cuerpo reaccionara a ellas. Sintió mucho amor pero no de la forma en que lo había sentido antes. «*¿Qué va a pasar a partir de ahora?* —se preguntó— *¿Cómo seguir mirándoles a la cara sin que se me caiga de vergüenza?* —pensó en esas personas que le daban tanto y le pedían nada a cambio— *¿Cómo seguirá la vida en adelante?*».

Se vistió rápido y, con el pelo aún mojado, salió rumbo a El Cohete Azul con la esperanza de encontrarse con Sofía allí. En ese momento necesitaba estar con alguien externo, alguien que le viera con ojos nuevos y no con la mirada de la experiencia. Si acudía a Alberto o, incluso, a Marisa, sabía que, conociéndole como le conocían, todo aquello no les iba a sorprender y terminaría por sentirse todavía más patético, algo que merecía pero no era capaz de gestionar en ese momento. Sofía era la única que, a pesar de haberle calado desde el principio, le trataba, todavía, con la prudencia del que no conoce demasiado. Ahora necesitaba precisamente eso, no sentir que le podían juzgar por su fama, sino por sus actos recientes. Con ella se sentía sereno dentro del nerviosismo de saberla más inteligente que él. Eso le reconfortaba y, al mismo tiempo, le hacía pensar en ella como algo más que una amiga. Existían pocas probabilidades de que la chica estuviera en el bar, pero Jaime sintió el impulso de ir allí.

El mismo camarero, en la misma posición que las veces anteriores, le ofreció el mismo gesto de confianza. Jaime se sentó en la barra y pidió una cerveza. Miró por la ventana y se dio cuenta de que era de noche. No había reparado en ello cuando caminaba hacia allí, el tiempo parecía haber transcurrido muy lentamente. Se giró para contemplar el bar, estaba lleno. Murmuraba el gentío en un constante ir y venir de risas, gritos ebrios y algún vaso roto. El barbudo estaba atareado y Jaime examinó cada una de las mesas buscándola.

—Hola —escuchó a su espalda y se quedó quieto un segundo— ¿Jaime? —esta vez reconoció su voz.

Se giró y ahí estaba Sofía, detrás de la barra.

—¿Qué haces aquí? —dijo ella ofreciéndole una sonrisa cálida y serena.

—He venido a verte —respondió extrañado por su aparición repentina.

—¿Aquí? ¿Te había dicho que iba a ayudar a Pablo hoy? —siguió ella echándole una mirada al barbudo.

—No, pero, no sé, intuía que te encontraría aquí...

—Chico, no dejas de sorprenderme... —sonrió— ¿Estás bien? ¿Te pasa algo? Te veo cansado.

—Ha sido un día complicado.

—¿Alberto está bien? —se interesó ella con preocupación.

—Sí, sí, él está bien ¿Podemos hablar?

—Ahora me pillas con lío. En una hora cerramos. Si quieres esperarme... —ofreció ella.

—Sí. Espero.

Jaime terminó su caña y tuvo tiempo de tomar un par más. Sofía le observaba mientras le servía la cerveza: escéptica, curiosa, inquieta pero sonriendo. Jaime la vio guapísima, sirviendo las mesas dicharachera, bromeando con los clientes y moviendo su figura con gracia por todo el local. Él, perdido en sus pensamientos, contaba cada minuto de esa hora eterna tratando de encontrar una paz interna que no creía posible. Cuando los últimos clientes marcharon, expiró aliviado. Sofía le buscó con la mirada mientras echaba el cierre, «*ahora voy, eh*», dijo y Jaime asintió con la cabeza. Después de recoger algunas mesas y asegurarse de que Pablo no necesitaba más ayuda en la cocina, sirvió un par de cervezas más y las puso sobre la barra, la rodeó y se sentó a su lado. Se le notaba cansada pero con la euforia de haber terminado el trabajo.

—A ver, cuéntame… —pronunció dulcemente mirándole a los ojos y poniendo la mano sobre su brazo.

—Tenías razón —Jaime ni lo pensó, fue directo al grano.

A ella le costó disimular la cara de saber perfectamente a qué se refería. Aún y así, preguntó.

—¿Sobre qué?
—Sobre ella. Sobre Julia.
—¿Julia?
—Sí, mi historia sin cerrar.

Sofía se quedó en silencio un momento, pensativa.

—¿Has venido para decirme que tenía razón en que tu historia de amor no estaba cerrada? —dijo con semblante serio— No lo entiendo— apartó su mano y la dejó caer en su regazo.

—No, también he venido a decirte otra cosa —Jaime calló por un momento y le dedicó una intensa mirada directa a los ojos, esos tan grandes y brillantes que ella lucía como si nada, como si no supiera el enorme poder que ejercían sobre las personas a su alrededor.

Se quedó hipnotizado un instante y dejó que su boca pronunciara lo que su cabeza todavía no había procesado.

—Quiero decirte que me gustas, me gustas mucho Sofía. De verdad. Mucho.

La chica movió la cabeza como si aquellas palabras le hubieran terminado de descolocar.

—Me gustas desde que te conocí. Y todo lo que he descubierto sobre ti desde entonces, desde aquel día en el balcón de casa de Alberto, no ha hecho más que corroborar la primera sensación que tuve de ti. Eres preciosa.

Jaime en la vida había dejado salir esas dos últimas palabras de su boca. Pero, en ese momento, las sentía tan ridículas como incontenibles. Ella permanecía callada y su frente dibujaba una arruga de escepticismo.

—Sé que podría enamorarme de ti porque eres increíble. Nos divertiríamos mucho. Hablaríamos de tonterías durante horas, nos inventaríamos personajes y jugaríamos a seducirnos, una y otra vez, a través de la fantasía. Te querría muchísimo porque eres buena y sorprendente, detallista y adorable a más no poder. Estaríamos bien juntos durante un tiempo pero luego... —hizo una pausa y agachó la cabeza—. Luego yo... y entonces tú... Comenzaría nuestro camino hacia la decadencia. Y yo no quiero que nos suceda eso. Yo querría que lo nuestro estuviera por encima de las dudas. Ojalá fuera posible...

Sofía le interrumpió.

—Jaime ¿qué tratas de decirme?

—Si te digo la verdad, no lo sé. Solo sé que eres muy especial para mí. Y no quiero perderte...

—¿Y diciéndome esto crees que no me vas a perder? ¿Diciéndome que te gusto pero que no puedes estar conmigo? No lo entiendo.

Él no dijo nada.

—¡Ya lo sabía Jaime! Lo supe desde el principio... —dijo muy convencida.

—¿Lo sabías? —se extrañó él sintiendo que siempre era el último en enterarse de lo importante.

—Claro. No sé cuál es tu historia con Julia, ni quiero saberla... No ahora. Pero te veo y me veo a mí hace un par de años. Perdida, cargada de información que no era capaz de gestionar, mareada de tantos acontecimientos. No tienes que tener miedo a perderme, tienes que tener miedo a perderte a ti.

—A mí... —repitió pensativo.

—La vida es un periplo Jaime y, aunque es importante tener unos buenos aliados para que te acompañen en la aventura, la única elección que te viene dada eres tú mismo. Así que cuídate, respétate y quiérete mucho, porque tú eres la relación más larga e importante que vas a tener nunca. Y si tú estás bien, lo demás a tu alrededor lo estarán.

—Lo sé. Necesito hacer esto. Pero tengo la sensación de que voy a dejar atrás a personas muy importantes —la miró a los ojos.

—La vida es un bucle que nos lleva, una y otra vez, a vivir historias muy similares. Lo único diferente es la forma en que dejamos que nos afecten y nos enfrentamos a ellas. Quizá este no es el momento de que nos enamoremos, de que estemos juntos. Quizá eso sería estropearnos. ¿Y si querernos fuera, precisamente, lo que estamos haciendo ahora? Cuando yo me sentía como tú, muchas personas me ayudaron a encontrar mi camino y, entre ellas, una fue especial. Él me demostró que si uno es consciente de sí mismo, de sus fortalezas y sus debilidades, de sus limitaciones y sus talentos, proyecta algo al exterior que atrae lo bueno y reta a lo malo.

—Estoy asustado —confesó mirando su bebida.

—Todos lo estamos —dijo ella acariciándole el brazo—, aunque no lo parezca. Los viajes a lo desconocido son inquietantes y si lo desconocido eres tú mismo, todavía más.

—Ya he encontrado cosas en mí que no me gustan. No me gustan nada... —cerró con fuerza sus puños.

—¡Y lo que te queda! —sonrió ella ofreciéndole un brindis.

—¡Qué alentador! —reaccionó él irónico brindando con desgana fingida.

—Tómatelo con calma. Esto es una carrera de fondo, una

batalla constante a la que es mejor ponerle buena cara... Cambiarás, sí. Te sentirás hasta mejor, seguro. Pero, ¿crees que aquí se acaba todo? ¿Que no te van a pasar muchas más cosas en la vida que te pongan en situación de alarma?

—Si yo te contara... —Jaime pensaba en las cosas que le habían pasado ya—. Estoy muy confuso ahora mismo —admitió con una expresión de profundo desconcierto.

—Entiendo... Yo he estado tan así... —negó con la cabeza y perdió la mirada repasando su pasado— Me recuerdas a mí, a cuando nada tenía sentido y me parecía que estaba vacía por dentro. ¿No te ha ocurrido que, sin saber porqué, notas como que no acabas de implicarte enteramente en ningún proyecto, no terminas de poder estar enteramente con una persona, aunque la quieras, aunque la necesites a tu lado?Picoteas de todo pero no saboreas nada.

A Jaime le hizo gracia esa perfecta definición de lo que le había estado pasando durante la mayor parte de su vida y sonrió.

—¿De qué te ríes? —preguntó ella con picardía dándole un pequeño empujón con su cuerpo.

—Parece que me conozcas de siempre y, sin embargo, me miras como si me estuvieras descubriendo...

—Es que te estoy descubriendo —se burló ella.

—Sí pero... ¿por qué me conoces así?

—Porque, aunque te parezca que eres el único, hay más gente en el mundo que se siente como tú —obvió risueña—. Nos parecemos —devolvió la trascendencia a su rostro—.

Lo sé porque tú también usas la fantasía para protegerte. La máquina que los padres usan para poner el nombre a sus hijos... ¿te acuerdas?

Jaime sonrió sintiéndose absurdo.

—Pues eso —continuó ella—, esa conexión no la tengo con cualquiera, es algo especial, hay pocas personas que me sigan el rollo —miró levemente hacia la dirección donde estaba el barbudo pasando la escoba—. Y como me veo en ti, creo que debes tender a quedarte con lo malo. Pero, hay que aprender a sacarle la parte buena... —se lo dijo a él pero se sintió como si también necesitara escucharlo ella.

—Estoy seguro de que tú eres la parte buena de lo malo que he provocado en estos últimos años —se sinceró—. Ese monstruo de dos colas que me está escupiendo en la cara regodeándose en su momento de gloria, también me ha traído hasta ti —la miró con esperanza—. Pero no puedo estar contigo...

—Lo sé —ella giró la cabeza para mirar por la ventana.

Pasaron un rato en silencio. Él buscaba la fórmula de poder conjugar lo que necesitaba hacer con lo que deseaba hacer. Cada vez tenía más claro que quería estar con Sofía, igual que sabía que, en sus condiciones, lo más probable es que terminara por hacerle un daño terrible. Pero no quería que ella se pudiera sentir rechazada y, en cambio, la estaba rechazando. Tenía que hacerla bajar del coche y colocarla a un lado del camino sin saber si algún día volvería a pasar por allí. Sofía también pensaba y, a cada segundo que pasaba inmersa en su reclusión mental, más se alejaba su espíritu de ese taburete en el que yacía su cuerpo estático.

—Creo que es mejor que nos vayamos —dijo de sopetón finalizando el encuentro de cuajo sin dar opción de réplica a Jaime—. Voy un segundo a despedirme de Pablo.

Jaime esperó planeando una despedida en condiciones. Algo que Sofía no pudiera olvidar con facilidad. Algo que la marcara, al menos, por un tiempo. Ella volvió poco después muy seria.

—Yo me voy ya —dijo como si le sobrara su presencia.
—Sí, claro, yo también —respondió Jaime extrañado.
Salieron y ella parecía incómoda. Jaime se puso nervioso.
—Sofía —se acercó a ella invadiendo su espacio vital.
—Dime.

Jaime en realidad no sabía qué decir y volvió a jugar la baza de la exposición como último recurso.

—¿Vendrás a la exposición al menos?
—¿Quieres que vaya?
—¡Claro que sí!
—No sé si es buena idea.
—¿Por qué?
—Porque tú a mí también me gustas Jaime... —disparó.

Le miró con sus ojos tiernos destilando tristeza. Salvó los pocos centímetros que les separaban y le besó. Le besó con la rabia del que sabe que está dejando marchar algo grande. Le besó con dulzura pero también con agresividad, con un toque de desprecio incluso. Le arrebató el aliento y agarró con fuerza su cara para impedir que Jaime se moviera. Él soltó el timón y se dejó arrastrar por las mareas de la astronauta autónoma. Ahora él era suyo, totalmente, sin reservas, sin el as del control escondido en la manga. Le daba igual lo que la vida le deparara después de ese instante. Solo deseaba que Sofía le tuviera al cien por cien y que hiciera con él lo que quisiera, sin límites. La abrazó, sintió todo su cuerpo entre sus brazos y no pensó en nada, solo la agarró fuerte rozando cada parte expuesta de su piel con la de aquella mujer que se estaba despidiendo de él, por segunda vez. Al poco ella se apartó.

—Debería irme —pronunció sin demasiada convicción.

Jaime se acercó a su oído y le susurró.

—Ven a la exposición, por favor.

Pudo ver erizarse la piel de su cuello al notarle cerca y sintió un fugaz orgullo. Sofia puso las manos en su pecho y lo presionó levemente hasta que él dio un paso atrás.

—Sabes que me encantaría ir. Además, tengo curiosidad por ver el retrato que me hiciste —paró para pensar un momento— pero no sé si es buena idea, ya te lo he dicho, me gustas y, sinceramente, temo verte de nuevo.

—Ojalá pudiera decirte que todo irá bien, pero no lo sé. Lo que sé es que tú eres parte de esto y quiero que estés ahí para sentirlo, como yo te siento a ti dentro de mí —le cogió la mano.

—Me lo pones difícil...

—¿El qué?

—Apartarme de ti.

—Quisiera poder dejarte ir pero me cuesta —sonrió.

Inspiró el aroma de su pelo y sintió cómo le subía una fuerza brutal desde el estomago hasta los ojos. Se le llenaron de agua. La abrazó con fuerza. No pudo contener la emoción y tampoco quiso.

—Escribe sobre nosotros —le dijo en voz baja al oído.

—¿Cómo? —se extrañó ella.

—Escribe sobre nosotros. Haz que sea real. Aunque no lo haya sido. Escribe lo que podría haber sido. Necesito saberlo.

—Yo no puedo saber lo que podría haber sido, es imposible.

—Tienes el don de hacer posible lo que quieras —la abrazó con fuerza intentando ocultar la emoción.

—No lo sé...

—Confía en mí.

Ella le apretó fuertemente contra su cuerpo y le besó en la mejilla. Luego le separó y le miró a los ojos.

—Voy a irme ya. Ahora sí.

—Está bien. Me cuesta dejarte ir, no te lo voy a negar...

Sofía se alejó sin mirar atrás, desprendiendo una fuerza de voluntad que no era del todo real. Jaime se quedó esperando una señal para saber cuál debía ser el siguiente paso. Pero no ocurrió nada relevante y decidió irse a casa. En el camino se dedicó a observar la ciudad. Hacía tiempo que no se recreaba en nada que no fuera su propia miseria. Y la ciudad era tan bella. Tanto como aquellas mujeres que le abandonaban cargadas de razones para hacerlo. A Julia no iba a presionarla, la quería tantísimo, pero ya no era un amor puro, era un amor contaminado por los años y su comportamiento. La amaba en cuerpo y alma como la persona más importante que había pasado por su vida. Y debía encontrar la forma de curar sus heridas, poco a poco, con paso firme y la perseverancia que nunca había tenido. Sin dudas, sin ahora estoy y ahora no, sin egoísmos. Ella lo merecía todo. Merecía ser el centro de un universo que girara por y para su felicidad.

Seguía observando los edificios. Vio caras en ellos. Ventanas colocadas estratégicamente para que parecieran caras. O quizá era su imaginación. Se acordó de la fiesta de Alberto y, aunque habían transcurrido unos pocos meses, le pareció muy lejana, como si hubieran pasado años. Esa fiesta que, en apariencia, iba a ser una más de tantas, a la que casi ni asiste, fue el primer ingrediente de un cóctel que ahora le emborrachaba de confusión. Aún sabiendo lo que tenía que hacer en adelante, apartarse de su rutina de pesimismo y huida constante, no era capaz de visualizar con claridad el futuro que le esperaba. Y, extrañamente, eso le llenaba de esperanza.

Al entrar en su portal, le vino de golpe el pensamiento de no haberle contado a Sofía su encuentro con Julia y la noticia desoladora que había recibido. Se preguntó si ocultárselo sería un signo de debilidad o una manera de mantenerla al margen de ese Jaime que no quería ser nunca más. Era o no era apropiado decírselo. Ahora tampoco valía de mucho darle vueltas a esa idea puesto que se habían sentado las bases para no volver a verse nunca más. Pero le resultaba imposible quitarse a Sofía de la cabeza. Deseaba, con todas sus fuerzas, hacer las cosas bien con ella. La sensación de tener una nueva página para escribir el relato de manera distinta, se le había agarrado con fuerza y no podía, simplemente, dejarlo pasar. Sofía era, sin duda, su oportunidad de demostrarse a sí mismo quién era y cuánto podía dar. Pero le faltaba firmeza, le faltaba seguridad, y eso no lo iba a obtener de la noche a la mañana. Se preguntaba si aquel sería otro espejismo más, otro delirio de grandeza auto infundado para salir de su monótona desazón.

Antes de meterse en la cama encendió el ordenador para revisar el correo. Había recibido algunas respuestas a sus mail informativos sobre la exposición. La mayoría se mostraban encantados con su participación involuntaria en ella y confirmaban asistencia. Jaime se sintió reconfortado, hasta que vio que Julia también había respondido. Se le aceleró el corazón. Aquella tanda de correos la había mandado cuando todavía no sabía nada de ella, ni de su embarazo. La respuesta de Julia había llegado un par de horas antes. Después de su encuentro, después de su marcha precipitada sin mediar palabra. Jaime sintió pavor. Si Julia le daba una negativa a exponer uno de sus retratos, la exposición no tendría ningún sentido. Pero, si Julia desahogaba toda su ira contra él, dejando que sus dedos escribieran lo que su boca no había sido capaz de decir, eso iba a ser insoportable. Ella tenía el poder absoluto y Jaime la curiosidad suficiente como para no postergar más la lectura.

Jaime,

Tenía pendiente responderte a este mail. Y, sinceramente, no sé si éste es el mejor momento para hacerlo, pero algo me ha empujado a escribirte. Expón lo que quieras, no me importa. O no quiero que me importe. Siempre me ha gustado tu arte, lo sabes. Creo que eres capaz de captar muy bien la esencia de las personas cuando pintas, aunque nunca te lo hayas creído, aunque nunca me hayas creído. Me gustaría que las circunstancias fueran distintas y no tener esta sensación tan amagar al dirigirme a ti. Después de nuestro encuentro de esa tarde, de la forma en que me he ido, me he sentido mal. Yo también te quiero Jaime. Siempre lo haré. Te quiero porque eres parte de mí. Tú me has cambiado, me has hecho ser quien soy ahora y, aunque mi corazón sigue dolorido, me he dado cuenta de que soy más fuerte de lo que creía. Olvidarte fue casi tan complicado como asumir la muerte de nuestro hijo. Pero cuando lo logré, la vida me premió con una nueva visión del amor. Durante mi embarazo sentí lo que era el amor de verdad. Algo incondicional que no está sujeto a dar y recibir a cambio. Está sujeto a sentir y a proteger, de manera altruista, sin expectativas. Ese vinculo sentimental que creé con el bebé fue lo más doloroso que he tenido que romper nunca y lo más bonito que me ha pasado en la vida. Es algo que está por encima de mí y de ti y de cualquier persona. Es algo único y verdadero que nació de mí para ser solo mío. Hasta que no vives esa clase de amor no puedes saber lo que quieres en la vida, lo que necesitas y lo que estás dispuesta a dar de ti mismo para conseguirlo. Esto no quiere decir que olvide que me abandonaras de la manera en que lo hiciste. Pero no creo que las cosas hubieran sido distintas de haberte enterado antes. Perderme en el "cómo hubiera sido si..." me ha impedido avanzar tantas veces en el pasado que, ahora, solo quiero mirar hacia adelante. Solo quiero verme sonreír al lado de la persona que quiero y dejar tu recuerdo en el momento de mi vida que corresponde. El tiempo nos dirá cómo proceder. Hasta que lo sepamos, te mando un fuerte abrazo y mucha suerte con tu exposición.

Julia.

Jaime sintió como el cuerpo se le partía en dos mitades. Una aliviada por las palabras de Julia que, aún siendo críticas, también eran conciliadoras. La otra, se moría de dolor por no haber estado a su lado cuando ella más le había necesitado y, sobre todo, por no haber podido experimentar esa clase de amor de la que hablaba y que describía con tal intensidad que sus palabras se le retorcían dentro licuándole las entrañas.

Se fue a la cama pensando en Sofía. Porque ahora Julia le recodaba a Sofía. Era extraño el cambio pero lógico para él en ese momento. Lo cierto es que nunca había cerrado del todo su historia con Julia, como había apuntado Sofía aquella mañana, porque le reconfortaba saber que había alguien en el mundo que le quería como ella lo hacía. Por eso no la dejó nunca marcharse del todo. Aunque no estuvieran juntos, en su imaginación ella seguía siendo la persona que más le había querido y eso perpetuaba su vínculo con la cara amable de la vida. Nunca reconoció necesitar esa conexión con las cosas buenas, porque él era un cínico, pero en el fondo, se sentía mejor acudiendo a ese tesoro que escondía con recelo. Su flaqueza era tal, que el recuerdo de Julia se había convertido en lo único por lo que merecía la pena seguir levantándose por las mañanas. Y se puso todas las excusas posibles para demostrarse que no era así. Pero su mundo giraba alrededor de esos recuerdos perfectos y era incapaz de generar otros nuevos sin tenerla como protagonista.

Y convencido, como estaba, de haber vivido ya la mejor etapa de su vida se dejó perder. Hasta que llegó Sofía con su *la vida es un bucle que nos pone una y otra vez en situaciones parecidas* y su *lo que las hace diferentes es la forma en que nos enfrentamos a ellas*. Ahí estaba la clave. Quizá Julia había sido lo mejor de su pasado. Pero el futuro no lo podía saber. Y estaba claro, en cualquier caso, que ella ya no quería formar parte de él. ¿Lo haría Sofia? Encajar con alguien de la forma en que ellos habían encajado no era fácil, para él resultaba una misión de complejidad extrema ¿Iba a dejar que Sofia saliera de su vida así? ¿Iba a perder la oportunidad de estar con ella? Y si ella tenía razón y la vida era un bucle ¿Volvería a pasar por el mismo punto donde la estaba dejando? Y, lo más importante, ¿se suponía que eso debía consolarle?

Se quedó dormido.

Capítulo 10

Ascenso

El día de la exposición sorprendió a Jaime en un va y ven de pensamientos poco relacionados con el gran momento que estaba a punto de vivir. Había pasado la tarde anterior ayudando a Alberto y Marisa a instalarse de nuevo en su casa. Su amigo estaba mejor, pero aún le costaba moverse y se desplazaba en silla de ruedas. Seguía tomando calmantes como para parar un tren pero él mantenía su habitual lucidez.

—Entonces, ¿cuándo dices que tenemos que ir a la galería?
—A las seis.
—Habrá birra libre, ¿no?

Marisa le lanzó una mirada de aviso.

—Cari, ya sabes que estoy bromeando —le cogió la mano—. Por nada del mundo vuelvo yo a ese hospital. Me tendréis que llevar a rastras si se da el caso —y señaló las ruedas de su silla riendo a carcajadas.

Alberto desprendía la chispa del que se ha visto al borde de la catástrofe y ha salido indemne. Conservaba la bondad innata por la que se había ganado el Óscar al amigo calzonazos, pero parecía haber agudizado su sentido de la ironía y el sarcasmo disparatado. También se percibían cambios en Marisa. Jaime la veía más relajada, atenta y con las garras enfundadas.

En uno de los días más importantes de su carrera, de su vida, y desde primera hora, rodeado de sus obras, solo podía centrar sus facultades en buscar la manera de que Sofía fuera a la exposición. Quizá, si ella veía el retrato que le había hecho, si observaba la exposición al completo, comprendería todo lo que Jaime quería expresarle y no era capaz. Vería que había iniciado el camino del que estuvieron hablando y, a lo mejor, ella, que era tan inteligente, le ayudaría a hallar la combinación perfecta de factores que le permitieran volver a sonreír. O quizá nada de eso ocurriera y la perdiera totalmente. En ese momento, el ser amigos, le producía un perturbador desconsuelo.

Raúl y Ernesto se encargaron de mantener a Jaime bien ocupado en las horas previas al evento. El primero andaba emocionado con los preparativos, se desplazaba por la sala repasando compulsivamente los mismos detalles como si aquella fuera la exposición más importante que hubiera organizado nunca. A Jaime le parecía muy gracioso y se dejaba llevar por aquel entusiasmo desmedido. Una hora antes de abrir al público empezó a sentir un incipiente cosquilleo en el estómago. Trataba de fingir que estaba calmado, que no le importaba lo que opinara la gente de sus obras, que él lo hacía porque le gustaba y lo demás era un añadido. Pero lo cierto es que no comió, no pudo probar bocado. Solo se tomó una cerveza y picó algunos cacahuetes. Ni siquiera el frescor de la bebida pudo calmar su inquietud. Se sintió ridículo al descubrirse haciéndose a sí mismo decenas de preguntas sobre lo que acontecería. La más importante: «¿vendrá alguien?». Claro que sus amigos iban a ir. Alberto y Marisa, seguro. La panda también, sin duda. Pero ellos no contaban. Aunque sus opiniones, sobre todo la de su mejor amigo, eran relevantes para él, lo que le inquietaba más era el público desconocido, posibles compradores, expertos en arte. Sus amigos no sabían nada de arte, ellos iban porque era prácticamente su obligación y cualquier cosa que hiciera él les parecería bien. Aunque se empeñaran en criticarle por defecto, Jaime siempre supo que, de algún modo, todos le admiraban por ser el único capaz de haberlo dejado todo por hacer lo que realmente deseaba. Y eso era un punto a su favor. Pero no lo había valorado antes. Lo pensaba ahora, después de todo lo ocurrido, mientras trataba de calmar sus nervios, a media hora de desvelar sus recovecos internos al mundo.

Se preguntaba de dónde había sacado la valentía suficiente como para encararse a la vida preestablecida. Él que era un cobarde, que no era capaz de tomar decisiones importantes, que no se casaba con nadie. Se casó con su talento y lo hizo su profesión. Siempre le había quitado importancia a ese hecho. Como si no le hubiera costado esfuerzo, como si todo hubiera surgido de manera sencilla. Eso le hacía sentirse más seguro, menos presionado. Pero, lo cierto era que sí, que le había costado muchísimo tomar la decisión de apostarlo todo a esa única papeleta. Ahora no le estaban saliendo tan mal las cosas, pero hubo un tiempo en que lo vio todo muy negro. Un tiempo en que su mayor apoyo fue Alberto. Él nunca preguntó, él nunca le cuestionó, él nunca le juzgó. Él solo estuvo ahí, para ayudarle en todo lo que pudiera. Más o menos a la sombra, más o menos en un segundo plano, a sabiendas de que Jaime no era persona ni de pedir ayuda ni de aceptarla sin renegar. Juntos fueron construyendo la zona de confort que le permitía a Jaime desarrollar su creatividad. Y la pregunta clave apareció como agua cristalina ante sus ojos: «*si he sido capaz de comprometerme con una decisión tan arriesgada, ¿por qué no voy a ser capaz de hacer lo mismo con otras decisiones importantes?*».

—Ya podemos abrir las puertas, ¿no? —le preguntó Raúl por cortesía.

—Sí, claro —respondió él frotándose las manos.

Como Raúl le había dicho, en la entrada lucía un enorme vinilo de letras negras sobre el fondo blanco de la pared que decía: "Salvavidas por Jaime Ferrer". Le pareció un cartel gigante a la par que su nerviosismo. El primer cuadro de la exposición era aquel que había destrozado meses atrás, con el que se había cebado violentamente antes de irse a la fiesta de Alberto. Le puso el título de "Autoretrato I". Y tras él, la muestra se desarrollaba entre los rostros de las personas que le habían cambiado la vida y los retratos de cotidianidad que, aún siendo momentos insignificantes, le habían llenado la existencia. Entre los protagonistas destacaban Alberto, por supuesto, Marisa, Julia, sin duda, y Sofía. Al final del recorrido, un lienzo en blanco bajo el título "Autorretrato II". Miró por última vez la sala vacía, repasó uno por uno cada cuadro. El destrozado, que no estaba a la venta pero representaba,, perfectamente el momento en que todo comenzó a venirse abajo estrepitosamente, la cara de sabio de Alberto, la dulzura radiante de Julia, la serenidad de Marisa mientras dormía, la belleza natural de Sofía junto a su casco de astronauta, el aura pura de Blas y así tantos otros amigos que merecían cubrir cada espacio de esa sala. Llegó al lienzo en blanco y absorbió ese sentir, inspiró profundo y supo que aquel iba a ser el primer trazo de un nuevo autorretrato. Uno que, esperaba, desprendiera armonía, color y satisfacción.

Diez minutos más tarde, comenzó a llegar gente. Alberto el primero, en su silla de ruedas, con la pierna completamente escayolada y fardando de fortaleza vital. Marisa detrás, sonriendo orgullosa. Entraron mirando a todos lados, como turistas visitando una catedral romana. Jaime les recibió sonriente y fue entonces cuando el nerviosismo se le mezcló con la emoción.

—¡Tío! ¡Ya estáis aquí! —le dijo a su amigo agachándose para darle un abrazo.

Jaime nunca antes había abrazado a Alberto de esa forma. Aunque siempre sintió que era como un hermano para él, no era hombre de expresar sus sentimientos con tanta soltura.

Pero ese día, al verle, sintió que le necesitaba más que nunca a su lado. Alberto se quedó algo extrañado pero lo aceptó con gusto.

—¡Vengo a ver mi culo! —exclamó divertido.

—¡Anda, pasad! —espetó Jaime sonriente, indicándoles el camino y acercándose a Marisa para darle un beso en la mejilla, a lo que ella respondió apoyando su mano en el hombro de él.

A partir de ahí, la tarea de Jaime fue recibir a los invitados. No se le notaba pero, por dentro, no veía el momento de escapar de esa especie de besamanos protocolario. Y se sentía ridículo repitiendo, una y otra vez, las mismas frases: *«qué bien que hayáis podido venir»*, *«te veo genial tío»*, *«a ver qué os parece»*. Raúl le presentó a un par de críticos de arte y estuvo charlando con ellos un buen rato. Había recibido instrucciones, tanto del galerista como de Alberto, de que era muy importante que hiciera buenas migas con los periodistas especializados. Jaime ya lo sabía pero dejó que le dieran esa lección, porque se había propuesto deshacerse de la etiqueta de "todólogo" que se había ganado a pulso. Ese empeño por aparentar que lo tenía todo controlado, pasaba por proyectar una imagen de sabelotodo que no se correspondía con la realidad. Y estaba empezando a ser consciente de ello. Su vida, despiezada, se había construido en base a adelantarse al futuro. En vez de vivir el ahora, en vez de disfrutar de lo que tenía, pensaba más en como las decisiones presentes podían limitar sus expectativas futuras. Pero, hacer eso, sin objetivos concretos a largo plazo, desvirtuaba toda la maniobra. Porque suponía adelantarse a una infinidad de escenarios, la mayoría inventados, que lejos de prepararle, como él pensaba, perpetuaban su inseguridad.

Tres horas más tarde, la gente empezaba a dejar el local. Jaime charló con todo el mundo y recibió sus opiniones con temple y predisposición. Ayudó que la mayoría dijera maravillas sobre sus cuadros. Se sintió fuerte y preparado para lo que tuviera que venir. Y el que vino fue Alberto, con los ojos enrojecidos, haciéndole un gesto para que se agachara y acercara el oído.

—Estoy orgulloso de ti Jaime —le susurró.

No hizo falta decir más. A Jaime le recorrió un escalofrío de emoción por todo el cuerpo. Alberto le miraba diciéndole sin hablar que la exposición era todo lo que esperaba de él.

—Por fin sacas lo que llevas dentro. Es impresionante —dijo mirando a su alrededor y asintiendo orgullosos—. Eres un fenómeno, colega.

A Jaime se le quedó pequeño el corazón de tantos sentimientos que pretendían entrar en él. Y, aún sabiendo que era un deseo egoísta, quiso que Sofía hubiera estado allí para compartir con él todas esas sensaciones. Se sintió solo. Le faltaba la calidez de una mirada cómplice. Le faltaba coger la mano de alguien que le viera en su versión actual. Le faltaba Sofía y se daba cuenta, en ese momento, de que el deseo se había convertido en algo más, porque no podía concebir un momento tan importante de su vida sin su compañía. Porque todo le sobraba menos ella. Porque no quería ser su amigo, ni su amante, ni su confidente, ni su compañero, no quería quedarse con una parte, lo quería todo.

La galería se quedó vacía. Sus amigos le esperaban en un bar cercano para celebrar su triunfo. Pero él quiso quedarse solo, un rato, en aquella sala, otra vez, rodeado de sus cuadros, rodeado de sí mismo. Se observó durante un buen rato. En esas paredes colgaban los mejores retales de su vida. Y al ver las caras de aquellas personas acarició con suavidad cada uno de los recuerdos que las habían hecho imprescindibles. Sintió su propia soledad apuñalarle el corazón con saña provocándole una enormes ganas de fumarse un cigarrillo. Cuando salió a la calle, miró instintivamente a la acera de enfrente mientras se encendía su cigarro y la vio. Oportuna, como siempre. Ella cruzó la carretera corriendo. Esos leves saltos, esa sonrisa, esa alegría que desprendía sin querer, eran pura vida. Parecía una visión. La intensidad de aquel momento imprevisto era tal, que Jaime creyó ser protagonista de una trama orquestada con premeditación. Miró a los lados tratando de desenmascarar a los cómplices que, escondidos, habían movido los hilos para que esa escena se representara. Pero no había nadie, la conspiración no era humana.

—¡Hola! —dijo sofocada.

Sus "hola" ya eran un clásico y sus miradas una explosión de nerviosismo en el cuerpo de Jaime.

—¡Has venido! —pronunció ilusionado.

—Llevo horas pensando en si debía o no —se sinceró ella.

—¿Y qué te ha hecho decidirte? —se interesó.

—He pensado: ¿Sofía, qué quieres hacer? y en un segundo tenía la chaqueta puesta para salir —sonrió.

—Me alegro muchísimo —le devolvió la sonrisa y notó su labio superior temblar ligeramente—. ¿Entras? —le ofreció.

—Sí, claro, pare eso he venido —rió algo nerviosa.

Jaime lanzó el cigarrillo a la calle casi sin haberlo testado y le puso la mano en la cintura para acompañar su andar hacia la galería.

—Salvavidas —leyó ella con voz profunda medio chistosa—. Me suena —le sacó la lengua.

—Significa que…

Ella le interrumpió enseguida.

—¡No me lo digas! Quiero sacar mis propias conclusiones, si no te importa —le puso la mano en el pecho para frenar su intención.

—Claro —sonrió—. ¡Toda tuya! —hizo un gesto con el brazo invitándola a pasearse libremente por la sala.

La dejó a su aire sin decir una palabra, y la observó a distancia deleitándose. Había valido la pena esperar hasta ese momento, cuando podían estar los dos solos y nadie se interponía entre sus ojos y las adictivas maneras de esa misteriosa mujer. Observaba cada cuadro con atenta delicadeza primero, para luego acercarse a leer el título. En algunos momentos asentía con la cabeza, en otros se tocaba la nariz con el dedo índice, o se recogía el pelo en un moño para luego dejarlo caer de nuevo sobre sus hombros. Su mirada de concentración, sus forma de humedecerse los labios, su sed de conocimiento, todo aquello tenía a Jaime embrujado. Le invadió la impaciencia al darse cuenta de que estaba a punto de llegar a su retrato y ella no era consciente. Se concentró, aún más, en la escena, no quería perderse detalle. Y, convencido de que aquel iba a ser un momento inolvidable, cogió su cámara y esperó inquieto el momento preciso. Sofía dio un paso lateral y se quedó petrificada frente al cuadro. Primero sonrió levemente al descubrirlo, ruborizada, luego giró la cara hacia Jaime y señaló con el dedo el lienzo excitada. Él empezó a disparar compulsivamente. Aquella cara de asombro, su enorme sonrisa, el brillo en sus ojos, era indescriptible. Tras unos instantes en los que Sofía parecía estar asimilando sensaciones, de repente, le miró con intensidad a distancia, se creó un silencio mágico, un vacío lleno de emoción, y Sofía corrió hacia él para darle el mejor abrazo de todos los compartidos hasta el momento. Un abrazo que él no sabía que deseaba hasta el mismo momento en que sus cuerpos se juntaron. Un abrazo que derritió las paredes y le desorientó completamente.

—¡Es una pasada! —dijo ella eufórica.

Jaime rió agitado.

—Ves por qué tenías que venir...

—Estaba claro —apretó el abrazo.

—¿No vas a seguir? —preguntó él.

—Déjame disfrutar un poco más de este momento —le susurró ella.

Puso su nariz en el cuello de él e inspiró profundo varias veces. Se separó suavemente y dio media vuelta para seguir con la exposición. Jaime se quedó con ganas de más, ansiaba un beso jugoso, una provocación ineludible. Se preguntó, entonces, qué iba a ocurrir cuando ella terminara de ver los cuadros. Pensó si entraría en su nueva condición de amigos, la que ella había estipulado, invitarla al bar donde le esperaban los colegas. Le apetecía mucho que los demás la conocieran pero, quizá, era pedir demasiado. Se dio cuenta de que Sofía se había quedado parada frente al lienzo en blanco un buen rato.

—¿Ahora eres un lienzo en blanco? —le preguntó.
—Así me siento —dijo él.
—¿En blanco? —insistió ella.
—Nuevo.

Ella sonrió.

—Ahora, ¿qué tengo que hacer? —señaló la gran pancarta con decenas de mensajes escritos—. ¿Escribo lo que me ha parecido la exposición?
—Es opcional —Jaime le quitó importancia.
—¿Tienes un boli? Esto es prácticamente una incitación para alguien como yo— rió traviesa.
—Me da un poco de miedo lo que vayas a poner... Siendo escritora... —vaciló.
—¡Anda calla! —saltó burlona.

Ni pensó. Fue directamente a escribir. Estuvo unos minutos garabateando. A Jaime se le hizo eterno.

—¿Lo puedo leer ya? —dijo él impaciente.
—¡Claro! —sonrió—. O mejor no —dudó—. Bueno, sí.

Jaime se acercó dubitativo. Obviamente a Sofía le había gustado la exposición, lo descifraba en su sonrisa, pero cualquier cosa que viniera de ella era impredecible y, definitivamente, adoraba ese aspecto de su persona.

Jaime, eres un genio. Lo supe la primera vez que te vi. Estabas roto, como yo lo estuve, como lo hemos estado todos. Y ahora reluces cual cubertería de plata recién estrenada. Has captado muy bien, no solo la belleza de las personas que te rodean, sino la magia en su manera de mirarte. Te quieren, porque es imposible no hacerlo. Y cualquiera se sentiría orgulloso de formar parte de este gran trabajo. Yo lo estoy y guardaré este saco de alegría cerca de mi corazón para siempre. Tienes un don maravilloso. Y ese don eres tú mismo. Felicidades. Sofía.

A Jaime se le atragantaron las palabras, tanto que le asomó la emoción por el lagrimal. Sofía observaba, atentamente, su reacción. A él le embargaba la vergüenza. Ella parecía disfrutar con el momento. Él dejó que lo hiciera, ni se escondió, ni salió corriendo. Se quedó mirándola y dejando fluir sus emociones frente a ella. Sentía un rubor virginal. Esa era la primera vez que se dejaba ver de una manera consciente. La primera vez que permitía a alguien entrar dentro de él y curiosear a su antojo. Sofía era la perfecta candidata para ello, sabía dónde tenía que ir, sabía qué teclas tocar, sabía como enredarle y desenredarle al son de sus palabras acertadas, de sus apariciones estelares, de sus caricias serenas. Y lograba hacer todo eso sin saber, al parece, que lo estaba haciendo.

—¿Qué hacemos ahora? —dijo él refiriéndose a la acción pero también al sentimiento.

—No lo sé —ella miró hacia los lados.

—¿Quieres venir a tomar algo con mis amigos? —propuso.

—¿Sí? No sé...

—Me lo debes —sonrió encantado.

—Tienes razón.

Jaime fue a despedirse de Raúl y Ernesto que hablaban animados en el despacho del primero.

—Tíos, yo me marcho ya... —dijo asomando la cabeza por la puerta— Muchísimas gracias por todo.

—Ha ido muy bien —confirmó Raúl satisfecho.

—Por cierto, ¿alguna venta? —al decirlo Jaime se dio cuenta de lo despreocupado que había estado por ese tema en las últimas horas.

—Eso te iba a comentar ahora mismo. Se han vendido cinco de los doce cuadros. Mañana vienen a recogerlos. ¿Podrías estar aquí a eso de la una?

—¡Claro que sí! —sonrió orgulloso.

—Ahora a celebrarlo, ¿no? —comentó Ernesto señalando con la cabeza a Sofía que esperaba paseándose por la galería relajada.

—¡Eso es! —afirmó Jaime ilusionado—. De verdad que os agradezco mucho el trabajo que habéis hecho. Cinco cuadros en unas pocas horas, ¡es la hostia! Me habéis ayudado un montón ¡Sois unos cracks amigos! Pasaros luego, estaremos enfrente...

Se escucharon sus risas que retumbaron por todo el local y al dejarles, Jaime buscó con la mirada a Sofía para darle indicaciones de que iba al baño. Ella gesticuló simpática respondiéndole cual mimo que le esperaba allí mismo. Al poco, él volvió y salieron de la galería. A Jaime le vinieron unas tremendas ganas de agarrarla de la cintura y caminar junto a ella como una pareja cualquiera. Pero la palabra "amigos" rebotaba en su cabeza cual repulsivo. A penas se habían alejado unos pasos del lugar cuando Sofía volvió la vista atrás para mirar, de nuevo, el cartel enorme de la entrada.

—¿Te das cuenta de lo que has hecho?

Jaime miró en la misma dirección. Inspiró profundo. Sintió que, en ese instante, todo encajaba a la perfección. Las piezas se habían unido de una manera que no lograba explicarse, pero la sensación de euforia era muy gratificante.

—He vendido cinco cuadros.
—Seis —le corrigió ella.

Seguían mirando el "Salvavidas" de la entrada hechizados.

—No, cinco —insistió él.
—Seis —ella le miró.

Entonces Jaime lo entendió.

—¡Seis! — exclamó sorprendido.

—¡Exacto! —le siguió ella—. Escuché que te decían que habías vendido cinco cuadros y temí que alguien hubiera comprado el mío. No podía dejar que eso ocurriera. El mío debe ser mío —esbozó media sonrisa malvada—. Así que, cuando has ido al baño, he conocido a Raúl que, muy amablemente, me ha vendido mi cuadro —remarcó el mi con un tono más agudo— Como tenía que ser.

Jaime reía agradecido por ese regalo de la vida.

—Eres... —le miró embelesado.

—Ahora mismo soy una mujer muy pobre, sí —bromeó ella.

—Tranquila, no te quiero por tu dinero —se mofó él con algo de verdad en aquellas palabras.

Ella se detuvo repentinamente.

—Tengo que confesarte algo —dijo con su habitual picardía.

—Dime —Jaime temió no estar interpretando bien su sentido del humor.

Sofía esbozó una mueca de decepción y siguió caminando.

—Me veo con el deber de decirte que a tu exposición le ha faltado algo importante... —apretó los labios enfatizando su desencanto.

—¿El qué? —Jaime se alarmó.

Ella le miró y de menor a mayor intensidad de sonido pronunció lentamente.

—Una enorme, suculenta, jugosa y verde... ¡aceituna! —rió contagiosa.

Él rió con ella, adorándola en silencio.

—Creo que no has pillado el concepto de la exposición —bromeó.

—Personas y cosas que te han cambiado, ¿no? —resumió ella derrochando obviedad.

—Eso es —le guiñó el ojo con guasa.

—Pues, se me ocurre...

—Miedo me das... —interrumpió él.

—No, no, en serio, esto es muy interesante —le frenó en mitad de la calle agarrándole del brazo y riendo disparatada—. Mira, hablando de cambios, cambios pequeños, cambios sutiles, pasitos que pueden derivar en zancadas... —sonrió algo más contenida, como si lo que fuera a decir tuviera su importancia.

—Sin duda quiero saber como va a terminar esto... —y no hablaba solo de la teoría que había empezado a plantear ella.

—Imagínate, por un momento, que las aceitunas son el paradigma de todo lo que evitas. Porque tú crees que no te gustan, pero ¿les has dado una verdadera oportunidad?— le señaló con el dedo a lo debate político fijando su mirada en él con los ojos entrecerrados—. Esto es como la cerveza, al principio a nadie le gusta pero la sigues tomando. ¿Por qué? No se sabe —dijo con gracia—, pero lo haces y, para la mayoría, luego se vuelve imprescindible.

Jaime no estaba muy seguro de entender lo que le proponía Sofía, pero seguía escuchando. Todo lo que saliera de aquella boca le parecía tremendamente cautivador.

—El caso es que... comerte una aceituna puede ser como un símbolo... —la expresión de su cara se endulzó mientras pronunciaba las palabras cada vez más lento para llenarlas de intencionalidad.

—Un símbolo de que me voy a morir de asco, ¿verdad? —negó él con la cabeza mientras reía incrédulo.

—No, un símbolo de que tienes suficiente coraje para hacer algo que, de primeras, rechazas —su tono destilaba obviedad—. Piénsalo —se tocó la sien con su dedo índice.

Llegaron al bar. Jaime le abrió la puerta contrariado. ¿Qué había tratado de decirle Sofía con eso de las aceitunas?, ¿le estaría pidiendo una prueba palpable de su compromiso con el cambio? o ¿le estaba ofreciendo un pretexto para sentirse más fuerte? Y si ella tenía razón, de nuevo, y esa acción, tan insignificante en apariencia, representara la valentía que le venía faltando. Superar esa barrera, que arrastraba desde ni recordaba cuándo, ¿fortalecería su autoestima? Era un razonamiento algo enrevesado y, sin embargo, ella lo había planteado de manera en que pareciera el paso más lógico. *«Escritora tenía que ser»*, pensó él mirándola sonriente.

En el bar estaban todos bebiendo animados. Era la primera vez que se reunían tras el accidente de Alberto. Unos segundos antes de que se dieran cuenta de la llegada de Jaime, él les observó. Formaban todos en circulo alrededor de la silla de ruedas de su mejor amigo, riéndole las gracias. Alberto se giró rápido hacia la puerta como intuyendo su presencia.

—¡Ahí llega la verdadera estrella de la noche!—gritó señalándole.

Todos vocearon al mismo tiempo consignas indescifrables. Alberto arrancó un aplauso que el resto siguió. Jaime sintió el calor invadiendo su rostro .

—¿Desde cuándo te has vuelto el líder de esta manada? —dijo acercándose a su amigo para poner la mano sobre su hombro y apretar con cariño.

—Estaban desbocados, necesitaban un cabecilla — bromeó.

—Te presento a Sofía. Ella me llevó al hospital cuando tuviste el accidente —le explicó haciendo un gesto a la chica para que se acercara.

—¡Sofía! La chica del coche, ¿no? —buscó la confirmación en su mirada—. Marisa me ha hablado de ti. Está muy agradecida... ¡Marisa! ¿Dónde está mi mujer? —preguntó girando la cabeza a ambos lados con dificultad.

—Estoy aquí... —volvió apresurada de la barra.

—Mira, Marisa, ha venido Sofía —le indicó señalándola con un gesto de cabeza.

Marisa, se extrañó de primeras, pero, en cuanto la vio, su semblante cambió totalmente. Se acercó a ella y, sin decir nada, la abrazó.

—No sabía tu nombre —le dijo al oído.

Sofía se quedó impresionada por su gesto y le devolvió el abrazo con dulzura.

—Me alegra que todo haya ido bien —le susurró.

—Claro —dijo Marisa en voz alta mirando a Jaime—, Sofía es la astronauta de tu exposición, ¿verdad? Ya decía yo que me sonaba... ¿Verdad que te lo he dicho, cariño?

—Sí, claro, por eso a mi no me sonaba... Me traía loco con: "me suena de algo... ¿de qué me suena?... ¿no te suena?" —la imitó chistoso.

—Qué bobo eres —rió Marisa dándole un suave codazo.

—Pues es ella... La que nos llevó a casa —confirmó Jaime.

—Muchas gracias por todo —miró a Sofía y le dedicó una sonrisa tierna.

Jaime agarró a Sofía de la mano y la condujo hasta otro grupo de amigos. Quería que todos la conociera. Para la sorpresa de sus colegas, Jaime se estaba dedicando a presentarles, uno por uno, a su acompañante, cosa que no le habían visto hacer en la vida. Su proceder habitual era llegar a las quedadas y soltar a la chica entre la multitud, como el que libera un ave enjaulada durante años, para que se manejara por sí misma. Sofía se mostraba algo cohibida pero participativa.

—Me vais a perdonar pero es posible que os haga repetirme vuestros nombres más de una vez a lo largo de la noche —advirtió con gracia.

—Un par de cervezas más y aquí nadie se llama por su nombre, ya verás —le dijo Chus ofreciéndole un botellín.

Para Jaime aquel estaba siendo el cuadro perfecto, todas las personas a las que apreciaba reunidas en su particular lugar de culto. Nada podía estropear ese momento, nada excepto un repentino sentimiento de nostalgia. Y aquello le sacó del cuadro y le llevó a otro lugar. Uno en el que sentía añoranza del hijo que nunca tuvo y la vida que no iba a existir, al menos en los términos en los que la pudo imaginar durante esas terribles horas de incertidumbre, tras conocer la noticia. La melancolía le sobrevino, «*ocurrió de verdad, existió* —se le erizó la piel—, *si pudiera dar marcha atrás...*», pensó. Ese deseo le paralizó, «es irreversible», sentenció mentalmente. Su cerebro, abstraído del mundo, le permitió un segundo de conciencia para advertir que tenía un botellín de cerveza en la mano. Se lo llevó a la boca en un gesto lento, tratando de disimular su estado de ansiedad, que culminó en un leve choque del labio con el cristal y una consiguiente salpicadura en la cara. Cerró los ojos indignado para, rápidamente, limpiarse sin que nadie pudiera verle. Su respiración se aceleró y, de repente, una mano se entrelazó con la suya. Giró la cabeza alertado y vio que era Sofía.

—¿Estás bien? —le susurró.
—Sí —respondió instintivamente—. Bueno, no, en realidad.
—¿Quieres que salgamos? —ofreció ella extrañada.
—Sí... —la miró como si le hubiera leído el pensamiento.

Ella le guió agarrando su mano con fuerza. La sensación de alivio fue acrecentándose según llegaban a la puerta. Salieron y se quedaron a un lado, con las espaldas apoyadas en la pared. Jaime sacó la cajetilla de tabaco y se la ofreció. Ella deslizó un cigarrillo, suavemente, hasta colocarlo entre sus dedos. Esperó que le diera fuego. Él sacó el mechero y se lo acercó encendido. Ella hizo un gesto delicado y profundamente sensual para encenderlo. Inspiró una larga calada.

—¿No estás contento? —disparó mirando haca la calle.

—Sí, lo estoy —respondió con la vista puesta en la misma dirección.

—Ah, bueno, me quedo más tranquila, entonces —ironizó con cierta gracia.

—No, a ver —abrió las palmas de sus manos anunciando con su gesto que venía una explicación—. Estoy bien... muy contento por como ha ido todo. He salido eufórico de la galería, tú me has visto... —se quedó en silencio y su semblante destiló contradicción— Pero...

—¿Pero algo no te deja estar del todo tranquilo? —se adelantó con afán de que la conversación cobrara algo de dinamismo.

—La verdad es que necesito contarte algo —inhaló una calada con ansia, como si llevara un mes sin fumar.

—¿A mi? —abrió los ojos sorprendida.

—No sé cómo lo haces pero, desde que nos conocemos, siempre que nos quedamos a solas, me invaden unas repentinas ganas de confesarte mis mayores temores y mostrarte mis recovecos. Es muy extraño... —negó con la cabeza.

Ella calló previendo que la conversación iba a tomar un rumbo inquietante. Jaime la miró y quiso hacerle una pregunta que no tenía nada que ver con lo que se había propuesto explicarle de inicio.

—¿Tú qué buscas?

—¿Qué busco? —Sofía le miró con estupor por lo impredecible de la cuestión.

—A veces he tenido la sensación, por cosas que has dicho, que estás buscando una relación y otras veces no... —Jaime notó que le subía un calor sofocante.

—Una relación... —murmuró un tanto desganada— ¿eso se busca? El amor... ¿se busca? No lo creo... —movió los hombros, ligeramente, como si tratara de expulsar la tensión.

—Ya... Pero, no sé, hay gente más predispuesta a ello, ¿no? Hay quien descarta ya de antemano a alguien porque ve que no está preparado para comprometerse... —la voz le titubeó, pensó que ella se iba a tomar ese comentario como una alusión directa, tragó saliva y escondió sus manos temblorosas detrás de la cintura.

—Supongo. Pero tú no eliges de quién te enamoras, ¿no? —su voz sonó con más cuerpo, con más interés que al principio—. ¿O se puede ser selectivo en eso? Sería un poco como manipularte a ti mismo... —paró de hablar, pensativa y con la mirada perdida en el asfalto—. Claro que a mí me gustaría enamorarme —se le escapó un pensamiento y tuvo que seguir—, conocer a alguien que me haga sentir... —sonrió pícara— Buff, eso —levantó la cabeza para mirarle y, enseguida, volvió al inicio—. Pero yo estoy bien sola, he aprendido a estarlo. ¿Me apetece? —levantó los hombros—, claro. ¿Estoy preparada para que suceda?, seguramente. ¿Lo necesito?, pues no —otra pausa, un suspiro y, sabiendo por dónde iban los tiros, siguió—. Supongo que, como todo el mundo, no quiero sufrir. Ya te dije que prefiero dejar las cosas claras desde el principio. Y no voy a meterme en la boca del león por inercia... Ya lo he hecho antes y no quiero...

—La boca del león... —repitió él incitándola a una aclaración más detallada del discurso.

—Del león, del lobo, ya me entiendes —expiró una leve sonrisa—. He exprimido el drama y ahora quiero tranquilidad. Debe ser una cuestión de edad, de experiencias, de que antes todo parecía ir muy rápido y ahora el cuerpo me pide un ritmo más lento... no lo sé. Pero me apetece estar bien, sin más —decirlo en voz alta era su manera de rubricando en la libreta de las cosas imprescindibles.

Jaime puso su mano sobre la de ella que yacía apoyada en la pared. No la miró pero se imaginó como lucía su cara en aquel momento. Serena, sin presiones, sin inquietudes, sin pasados tormentosos acechándola. Pensó en su riqueza interior, en su capacidad para observar, analizar y procesar lo que la rodeaba con aparente facilidad. Se imaginó todo el camino que ella debía haber recorrido en su vida hasta llegar a ese punto de lucidez y la envidió.

—Quisiera aprender de ti —dijo en un arranque de honestidad—. Quisiera verlo con esa claridad.

—No es claridad, es voluntad. Al final, todo se reduce a conocerse y saber cómo reaccionarás a las cosas.

—Me gustas tanto...

—Y tú a mí.

Se sonrieron y entrelazaron sus manos con fuerza. Giraron sus cuerpos para mirarse de frente. Conectaron sus consciencias, en silencio, durante unos apasionantes minutos de comunicación mental. Ambos estuvieron de acuerdo en que aquello, lo suyo, fuera lo que fuera, se frenaba. Aún y así, seguían fascinados con la situación. Conmovidos por el choque de dos momentos vitales contrapuestos y conmocionados porque, a pesar de que las sensaciones que habían compartido les empujaban a seguir profundizando el uno en el otro, eso no iba a ocurrir.

Jaime, notó que la honestidad con la que se estaban comunicando difuminaba la amenaza de pérdida, la fragilidad, la inseguridad y, en su lugar, reconoció la serenidad que tanto tiempo había estado buscando. No sabía a qué se debía. Puede que al influjo de Sofía, al éxito inesperado de la exposición o a los amigos incondicionales. Pero, se descubrió valorando los pequeños logros del día a día y rechazando las grandes expectativas a largo plazo. Incluso, tuvo la sensación de haber sucumbido a un cambio de actitud, a una nueva dirección. Fuera lo que fuera, la vida le había sorprendido, a él, que se creía de vuelta de todo, que no concebía más descubrimientos, ni vislumbraba tesoros futuros. A él, que había atado en corto su existencia para evitar males mayores. Y, de algún modo poco alentador, se había acostumbrado al vacío interior que le provocaba el no querer afrontarse. A él, que destruyó el amor para volverlo a tejer, siendo un poco más consciente esta vez, y envolver con él a las personas que le habían enseñado a amar. Tenía la dulce sensación de haber despegado, desde dentro hacia fuera. *«No puedo cambiar el pasado pero, quizá, gracias al pasado podré mejorar el futuro»*, pensó y sonrió.

Gracias por acompañarme hasta el final de esta historia.

Si la has disfrutado, te agradecería muchísimo que dejaras una reseña. Tu opinión es de gran ayuda para que otros lectores encuentren el libro y las historias de autores independientes, como yo, sigan creciendo.

Te invito a que, si te apetece, continúes descubriendo a Sofía, Jaime y su universo de emociones en la siguiente y última novela: En Órbita. ¡Allí te espero!

Un abrazo.

Esther.